원본

김소월 시집

김용직 주해

깊은샘

초간본(初刊本) 1925년 12월 26일 매문사(賣文社)발행의 『진달래꽃』 표지

『문학신문』에 실린 중학시절의 소월 사진

『문학신문』에 실린 소월의 생가

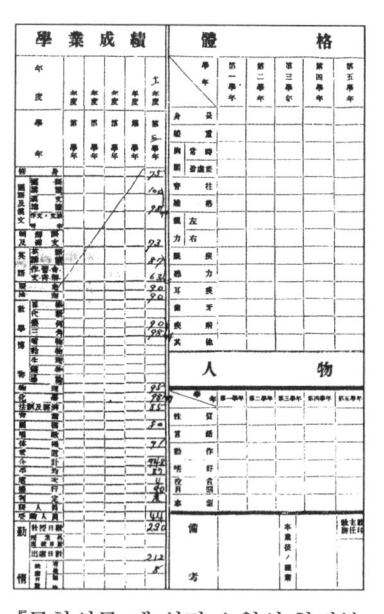

『문학신문』에 실린 소월의 학적부

次 岸曙先生 三水甲山 韻　金廷湜

三水甲山 내 왜 왔노 三水甲山이 어디뇨
오고나니 긔험타 아아 물도 만코 山첩첩이라 아하히

내 故鄕을 돌우가자 내 故鄕을 내 못가네
三水甲山 멀드라야 아아 蜀道之難이 예로구나 아하하

三水甲山 이 어듸뇨 내가 오고 내 못가네
느 甲山 이어리뇨 내 故鄕 새가 되면 써가리라 아하하

님 계신 곳 내 故鄕을 내 못가네 내 못가네
오다가다 야속타 아아 三水甲山이 날 가둠이 아하히

내 고향을 가고지고 오호 三水甲山 날 가 두엇네 아아
주 甲山 으로 내 몸이야 가마 三水甲山 못 벗어난다 아하히

안서 김억에게 보낸 시. 소월의 유작.

원본 김소월 시집을 엮고 나서

1

소월이 우리 시단에 등장한 것은 그의 나이 19세 때인 1920년이었다. 이 해에 그는 『창조』를 통해 「낭인(浪人)의 봄」, 「그리워」, 「춘강(春崗)」 등을 발표했고, 『학생계』에 「먼 후일(後日)」, 「거츤 풀 허트러진 모래동으로」 등을 투고하여 김억의 추천을 받았다. 이후 그는 『동아일보』와 『개벽』, 『영대』 등을 통해 많은 양의 작품을 발표했다. 1922년 한 해 동안 발표한 그의 작품 수는 놀랍게도 42편에 이른다.

매우 왕성한 작품 활동을 하면서 소월은 서구추수주의에 그친 당시 우리시의 체질을 바꾸어 내었고 그 위상을 제고시켰다. 그가 등단, 활약할 무렵 한국시단은 아직 개화, 계몽의 멍에를 떨쳐 버리지 못한 실정이었다. 또한 일부의 우리 시인들은 시를 서구 근대시의 모방행위쯤으로 생각했다. 이런 우리 시단의 기류를 무릅쓰고 소월은 외곬으로 순수서정시만을 추구했다. 그는 시를 '개화의 괭이'가 아니라 그 자체로 존재 의의가 있는 예술적 결정체가 되도록 만들었다. 또한 그는 예술의 참모습이 남을 모방하는 아류에서 벗어나 제 목소리를 살리고 다듬어 가는 일임을 알았다. 초창기에 등장했음에도 그는 한국시의 근대 서정시화에 선구가 되고 신선한 충격파로 작용했다.

②

20대 후반에 접어들자 소월은 현저하게 과작의 시인이 되었다. 28년 『백치(白雉)』에 「나무리벌노래」, 「옷과 밥과 자유」 등 3편 발표, 이어 다음 해에 『문예공론』을 통하여 「길차부」 등 3편이 활자화되어 있을 뿐이다. 그런데 1934년 소월은 『삼천리』를 통해 「생과 돈과 사(死)」, 「돈타령」, 「제이. 엠. 에스」 등 19편의 작품을 쏟아 놓았다. 이것은 제 목숨을 다한 등잔 심지가 마지막 불꽃을 올린 것과 같은 일이었다. 바로 이해 12월 소월은 서른세 살의 푸른 나이로 이 세상을 등졌다.

여느 시인 같았으면 목숨이 끊어진 다음 그가 쓴 작품이 발표되는 일은 있을 수 없는 일이다. 그러나 소월의 경우는 그와 달랐다. 그의 사후 첫째 해인 1935년도에도 『학등』에 「명주딸기」, 『삼천리』에 「소곡 3편」 등 소월의 시가 발표되었다. 38년도에는 그 속에 시가 담긴 「김억선생님에게」, 「파인 김동환 선생님에게」 등 서간문이 『삼천리』에 게재되었다. 39년에는 『여성』과 『조광』 등에 「박넝쿨타령」 등 10여 편의 작품이 활자화된 바 있다. 소월은 평소 그의 작품을 만들고 나면 일단 그것들을 스승에게 보내어 가르침을 받은 것 같다. 그것을 그의 사후에 김억이 선별하여 발표지에 수록토록 한 것이다. 작고 후에도 소월의 시가 활자화된 것은 그런 사연에 따른 것이다.

③

이 책을 엮는데 주안점이 된 것은 크게 두 가지였다. 우선, 소월의 시를 원형 그대로 복원 제시하자는 것이 그 하나였다. 소월이 『진달래꽃』을 내기까지 아직 우리 주변에는 맞춤법통일안이 미처 확정되지 못하고 있었다. 그 후 나온 소월의 사화집은 그것을 지양시키지 않으면 안 되었다. 된 시옷들이 고쳐지고 구식철자가 맞춤법통일안에 따라 새로운 표기로 수정되었다. 그런데 그 과정에서 몇몇 작품의 원형이 훼손되었다. 가령 「자주구름」의 머리에 나오는 '물고흔 자주구름'이 숭문사판 『소월 시집』에서는 '물고운 자주구름'이 되어 있다. 『진달래꽃』에 실린 「예전엔 미처 몰랐어요」의 첫 줄 '봄 가을 없이 밤마다 돋는 달도'가 '돗는 달을'로 나타난다. 숭문사판 『소월 시집』이나 『소월 시초』는 모두가 김억이 엮은 것이다. 이것은 작품의 원형이 시인과 가장 가까운 사람에 의해서도 변형, 훼손될 수 있음을 뜻한다. 시 원형을 훼손하는 일은 한 시인의 작품 세계를 기능적으로 이해, 평가하는데 저해 요인이 될 뿐 도움이 되는 바 없다. 이런 관점에서 우리는 이 시집을 엄격하게 원본 중심의 소월 시집이 되도록 했다.

다음 우리는 이 책을 소월의 처녀시집 『진달래꽃』 중심으로 편

찬했다. 『진달래꽃』에 수록된 소월의 시는 그 이전의 것과 뚜렷이 구별된다. 소월은 그 이전 여기저기에 실린 그의 작품을 이 시집에서 매우 정성스럽게 다듬었다. 그 결과 『진달래꽃』에 실린 그의 작품은 가장 소월 시다운 것들이 되었다. 이런 사실에 유의하여 우리는 이 시집에서 『진달래꽃』을 소월 시 원형 제시의 제일 근거로 삼았다.

다음 『소월 시초』는 소월의 사후에 나온 사화집이다. 김억이 엮은 이 시집에는 『진달래꽃』에 실린 작품 이외에도 19편의 소월 시가 추가 수록되어 있다. 우리는 그 가운데서 「팔베개 노래조」 이하 12편의 작품을 골라내었다. 그들은 작품의 형태와 질로 보아 소월의 시를 이해하는 버팀목 구실을 하는 것들이다. 이들과 함께 『진달래꽃』, 『소월 시초』에서 누락된 것 가운데 「옷과 밥과 자유(自由)」, 「나무리벌노래」 등이 있음도 간과될 수가 없었다. 이들 시편에는 소월 시의 또 다른 단면인 식민지 체제에 대한 인식의 자취가 포함되어 있다. 한동안 우리는 소월의 시에 감미로운 정서가 있을 뿐 역사, 현실이 없다는 말들을 해왔다. 우리는 이에 대한 반론의 요소가 위의 작품에 포함되었다고 믿는다. 소월의 시를 총체적으로 파악하는데 중요한 근거가 될 것으로 믿어져 이들을 이 시집에 수록시키기로 했다.

4

소월 시를 기능적으로 이해, 파악하는데 도움이 되게 하고자 우리는 이 시집에 주석란을 마련했다. 널리 알려진대로 소월은 부드러우면서 감미로운 가락을 갖도록 하는 각도에서 그의 시를 썼다. 그를 위해 소월은 한국어의 결을 최대한 살리려고 노력했으며 매우 빈번하게 민요조의 가락을 빚어내기에 힘썼다. 그런 시도의 결과 소월의 시에는 상당수의 말이 일상어와는 다르게 개조, 변형되었다. 가령 「접동새」의 '누나라 불러 보랴 / 오 불설워!'의 '불설워'는 '불쌍하고+서러워'의 축약형이다. 이와 함께 소월 시에는 '시멋없이', '즈레밟고', '북고여라', '식새리', '길신가리' 등 방언과 고어가 적지 않게 포함되어 있다. 작품에 따라서는 상당한 지적 조작을 느끼게 하는 반어도 나타난다. 우리는 필요한 경우 이들 말들에 대해 사전적 뜻을 먼저 달고 이어 비평적인 해석도 가했다. 책 끝에 소월 시 읽기의 길잡이 구실이 될까 하여 약간의 비평적 의견도 붙였다. 그것으로 감미로운 애정시만을 써온 것으로 알려져 온 소월 시에 형이상의 범주에 드는 생각이나 민족의식이 내포된 것도 있음을 지적 해 두고자 했다.

　이 책은 유난히도 더위가 기승을 부린 올해 여름의 한창 때에 마무리가 되었다. 바쁜 공부의 틈틈이 내 원고를 읽고 작업을 잘 진행해준 서울대학교 박사과정의 조윤정 양에게 감사한다. 또한 이 시집을 기획한 것은 도서출판 깊은샘이다. 박현숙 사장과 나는 어느새 반세기 가까운 세월을 지기로 지내왔다. 이 책이 좋은 기틀이 되어 그의 사업이 더욱 번영, 창성하기를 빈다.

2006년 12월
김용직

차례

시집 『진달래꽃』 원본

— 1 —

진달내꼿 目次

님에게

— 3 —

— 4 —

— 5 —

— 6 —

— 7 —

바다가變하야 쌍나무밧된다고

— 9 —

— 10 —

— 12 —

柳
下
品

— 3 —

먼後日

먼훗날 당신이 차즈시면

그째에 내말이 「니젓노라」

당신이 속으로나무리면

「못혀 그리다가 니젓노라」

그래도 당신이 나무리면

「밋기지안어서 니젓노라」

오늘도어제도 아니닛고

먼훗날 그째에 「니젓노라」

먼後日

* 김소월이 『학생계』 1호(1920. 7)를 통해서 추천 받은 시. 당시의 선고위원이 오산고보의 스승인 김억(金億)이었다. 이 작품의 발표 당시 제목은 「먼 후일(后日)」로 표기되어 있었다. 소월시를 대표하는 작품인 동시에 한국의 근대 애정시의 표준이 된 것이다.

1. 차즈시면 - 찾으시면, 찾으신다면.
2. 그째에 - 그때에. 이 시집에는 된소리 표기가 모두 ㅼ, ㅅ으로 되어 있다.
3. 니젓노라 - 잊었노라. 'ㄴ' 음이 쓰인 경우 두음법칙이 지켜지지 않은 형태. 이것은 어감을 살리기 위한 배려의 결과로 생각된다. 잎→닢.
4. 나무리면 - 나무라시면. 『개벽』 26호(1922. 8)의 발표분에는 '나무러 하시면'으로 되어 있다. 3·3·4조를 지키기 위한 음율상 배려의 결과.
5. 밋기지안어서 - 믿겨지지가 않아서.
6. 오늘도어제도 아니닛고 먼훗날 그째에 니젓노라 - 김소월 나름의 독특한 반어이다. 오늘까지 못 잊는 사람을 먼 훗날 잊을 것으로 단정했다. 단정은 모두가 그럴 수 있다고 판다이 설 때만 할 수 있는 것이다. 그런 원칙을 뒷전에 돌린 채 단정적인 판단을 하고 있기 때문에 반어인 것이다. 이것은 이 작품이 상당한 지적 계산에 의해 쓰여진 것임을 뜻한다.

— 4 —

풀 짜 기

우리집뒷山에는 풀이푸르고
숩사이의시냇물, 모래바닥은
파알한풀그림자, 떠서흘너요.

그립은우리님은 어듸게신고.
날마다 퓌여나는 우리님생각.
날마다 뒷山에 홀로안자서
날마다 풀을짜서 물에던져요.

흘러가는시내의 물에흘너서
내여던진풀닙픈 엿게쩌갈제

풀짜기

* 『개벽』22호에 「먼後日」과 함께 실린 작품. 민속적인 정서에 전통적 가락을
바탕으로 한 것.

1. 파알한 – 파란.
2. 흘너요 – 흘러요.
3. 어듸 – 어디.
4. 퓌여나는 – 피어나는.
5. 내여던진 – 내어던진.
6. 엿게쩌갈제 – 옅게 떠갈 때.

— 5 —

물쌀이　해적해적　품울헤처요

그림운우리님은　어듸게신고。

가엽는이내속을　둘곳업섯서

날마다　풀울싸서　물에쩐지고

흘녀가는닙피나　맘해보아요。

---

7. 해적해적 – 가볍게 움직거리는 모습.
8. 닙피나 – 잎이나.
9. 맘해보아요 – 마음을 실어보아요.

— 6 —

바 다

쒜노는흰물썰이 널고 쌋잣는

붉은풀이 자라는바다는 어듸

사랑노래 불으는바다는 어듸

고기잡어산골이 뻐우에안자

파릿케 죠히물든藍빗하늘에

져녁놀 스러지는바다는 어듸

곳업시쩌다니는 늙운물새가

쩨물지어 좃니는바다는 어듸

바다

*『동아일보』(1921. 6. 14)와 『개벽』26호(1922. 8) 25면에 실린 작품.
『개벽』게재분의 가락이 『동아일보』의 것보다 떨어진다. 그 빌미는 '바다는 멀다'로 3·2조 자수율을 무리하게 3·3으로 고친 데 있다. 『진달내꼿』에 이르러 제자리를 찾게 되었다.

1. 잣는 - 좃아서 없어지는, 잠잠해지거나 가라앉거나 하는. 잣다->잦다.
2. 죠히 - 좋게, 아주 잘. 죠히-> 좋이.
3. 좃니는 - 늘 좇아 다니는.

— 7 —

가고십흔　그림은바다는　어되

전너서서　저便온　선나라이라

— 8 —

山 우 헤

山우헤울나섯서　바라다보면
가루막킨바다를　마주건너서
님게시는마울이　내눈압프로
쑴하눌　하눌가치　쎠오릅니다

횐모래　모래빗긴船倉까에는
한가한배노래가　멀니자즈며
날점울고　안개는　김피덥퍼서
흐러지는물꼿샌　안득입니다

이윽고　밤어둡는물새가　울면

山 우헤

* 『동아일보』(1921. 4. 9)에 「그 山우」로, 『개벽』26호(1922. 8) 8면에 「그 山우에」로 실린 작품.

1. 山우헤 – 山 위에.
2. 멀니자즈며 – 멀리 잠잠해지며. 「바다」참조.
3. 안득입니다 – 아득합니다.

— 9 —

물썰조차 하나둘 뼈는쩌나서
저멀니 한바다르 아주바다로
마치 가랑납가치 쩌나갑니다

나는 혼자山에서 밤을새우고
아츰해붉운벗헤 몸을셨츠며
귀기울고 솔곳이 엿듯노라면
님재신恣아래로 가는물노래

혼들어쌔우치는 물노래에는
내님이늘나 니러차즈신대도
내몸은 山우헤서 그山우헤서
고히깁피 잠드러 다 모읍니다

---

4. 솔곳이 – 고개를 조금 수그리거나 귀를 기울이는 모양.

— 10 —

옛 니 야 기

고요하고 어둡은밤이오면은
어스러한 灯불에 밤이오면은
외롬음에 압픔에 다만혼자서
하염업는눈물에 저는 웁니다

재한몸도 예전엔 눈물모르고
죠그만한世上을 보뗏슴니다
그쌔는 지낸날의 옛니야기도
아못서룸모르고 외왓슴니다

그런데 우리님이 가신뒤에는

옛니야기

*『개벽』32호(1923. 2) 31면에 「녯이약이」라는 제목으로 실린 작품.

1. 어스러한 – 밝지 못하고 조금 어둑하다. 「어름의 달밤」참조.

— 11 —

아주 저를바리고 가신뒤에는
前날에 제제잇든 모든것들이
가저가저업서지고 마탓습니다

그러나 그한째에 외와두엇든
옛니야기뿐만은 남앗습니다
나날이짓터가는 옛니야기는
부질업시 제몸을 울녀줍니다

---

2. 나날이 짓터가는 옛니야기는 - 나날이 짙어가는 옛 이야기는.『개벽』의 '밤
   마다 생각나는 녯이악이'보다 다소간 추상화된 듯하다. 비유법이 사용된 결
   과일 것이다.

— 12 —

님 의 노 래

그립은우리님의 맑은노래는
언제나 제가슴에 저저잇서요

진날을 門박게서 섯서드러도
그립은우리님의 고흔노래는
해지고 저무도록 귀에들녀요
밤들고 잠드도록 귀에들녀요

고히도혼들니는 노래가락에
내잠은 그만이나 깁피드러요
孤寂한잠자리에 홀로누어도

님의 노래

* 『개벽』32호(1923. 2) 31면에 실린 작품. 전편을 통해 3·4·5 또는 7·5조 외형률 의식이 강하게 작용하고 있는 작품. 그 결과 3연 마지막 행의 '내잠은 포스근히'와 같이 자연스럽지 못한 부분이 포함되어 있다.

1. 섯서드러도 - 서서 들어도.

— 13 —

내장은 포스근히 깁피드러요

그러나 자다쌔면 님의 노래는

하나도 납깁업시 일허바려요

드르면못는대로 님의 노래는

하나도 납깁업시 닛고마라요

— 14 —

失 題

동무들 보십시오 해가집니다
해지고 오늘날은 가노랍니다
웃옷을 잽시빨니 닙으십시오
우리도 山마루로 올나갑시다

동무들 보십시오 해가집니다
세상의 모든것은 빗치납니다
인저는 주춤주춤 어둡습니다
여서며 저문째를 밤이랍니다

동무들 보십시오 밤이옵니다

失題

＊『조선문단』7호(1925. 4) 46면에 실린 작품. 처음부터 「실제(失題)」로 발표된 작품. 2연 '세상의 모든 것은 빗치납니다'는 어두워지는 세상을 표현한 것이다. 현상 자체보다 사물을 마음으로 읽으려는 입장을 이렇게 표현했다.

1. 잽시빨니 – 잽싸고 빠르게.
2. 실제(失題) – 제목을 잊음. 제목없음. 무제(無題)라고 제목을 붙이기도 했다.

— 15 —

박쥐가 발쌉리에 니려납니다

두눈을 인제구만 감우십시오

우리도 골짝이로 나려갑시다

— 16 —

님 의 말 슴

세월이　풀파가치　흐른두달은
깁어둔독엿물도　써엿지마는
가면서　합색가쟈하든말슴은
살아서　살음맛는표적이외다

봄풀은　봄이되면　도다나지만
나무는밋그루를썩근샘이요
세라면　두죽지가　傷한샘이라
내몸에　꼿필날은　다시업구나

밤마다　닭소래다　날이첫時면

님의말슴

* 『조선문단』10호(1925. 7)의 「그 사람에게」제2연을 시집 수록 때 독립시킨 것
이다. 제1연은 따로 분리되어 「님에게」라는 작품이 되었다.

1. 흐른 두달 – 『조선문단』에서는 '흐른삼년'.
2. 써엇지마는 – 원형은 '찌다'. 괴었던 물이 새어서 줄다. 이기문(李基文), 「素
月詩의 言語에 대하여」참조.

당신의 넉마지로 나가불째요
그믐에 지는달이 山에걸니면
당신의길신가리 차릴째외다

세월은 물과가치 흘너가지만
가면서 함께가쟈 하돈말은
당신을 아주닛든 말슴이지만
죽기前 쏘못니즐 말슴이외다

---

3. 길신가리 – 죽은 사람을 위해 하는 굿 가운데 하나.

— 18 —

님에게

한쌔는 만흔날을 당신생각에
밤써지 새윰일도 업지안치만

아직도 쌔마다는 당신생각에
축엄은 벼개사의숨은 잇지만

낫모를 선세상의 녜길써딕에
애달피 날져무는 갓스물이요

캄캄한 어둡은밤 들에해메도
당신은 니저바린 서름이외다

당신을 생각하면 지금이라도
비오는 모래밧해 오는눈물의

님에게

* 「님의 말슴」주해부분 참조. 『조선문단』10호의 「그 사람에게」1연을 독립시
  킨 것.

1. 축업은 – 추겁은, 추거븐. 정주지방의 방언. 형용사로 '축축하다'의 뜻을 가
   진다. 8·15 후 김억(金億)에 의해 간행된 숭문사(崇文社)판 『진달내꽃』에는
   '때묻은'으로 되어 있으나 잘못이다.
2. 낫모를 – 낯 모를, 얼굴 모를.

마른江두덕에서

서러마준 님들만 쌔울지라도
그밋리야 江물의자추 안이랴
님새우혀 밤마다 우는달빗치
훌녀가든 江물의자추 안이랴

빨내소래 물소래 仙女의노래
물싯치든 돌우혀 물쌔샌이라
물쌔무든 조악돌 마른갈숩피
이재라고 江물의러야 안이랴

빨내소래 물소래 仙女의노래
물싯치든 물우혀 물쌔샌이라

마른江두덕에서

*『진달내옷』이전의 게재지가 확인되지 않는 작품 중 하나.

1. 두덕에서 - 둔덕에서, 언덕에서.
2. 쌔울지라도 - 싸일지라도. 기본형은 '쌔우다'. 쌔우다->싸이다.
3. 자추 - 자취.
4. 물싯치든 - 물 스치던.

最

묭

— 23 —

봄 밤

실버드나무의 검으스럿한머리결인 낡은가지에
제비의 넓은깃나래의 紺色치마에
술집의窓넙페, 보아라, 봄이 안잣지안는가.
소리도업시 바람은불며, 울며, 한숨지워라
아무런줄도업시 설고 그립은색감한 봄밤
보드랍은濕氣는 쩌돌며 쌍을덥퍼라.

봄 밤

* 『동아일보』(1921. 4. 9)와 『개벽』22호(1922. 4) 48면에 실린 작품.

1. 검으스럿한 – 검으스레한.
2. 안잣지안는가 – 앉았지 않는가.
3. 아무런줄도업시 – 아무런 까닭도 없이. 『동아일보』에서는 '아모짜닭좃차업
   시'로 쓰였다.

—24—

밤

훈로잠들기가 참말 외롭아요
맘에는 사뭇차도록 그립어와요
이리도무던이
아주 얼굴조차 니칠듯해요。

발서 해가지고 어둡는대요、
이곳은 仁川에 濟物浦、이름난곳、
부슬부슬 오는비에 밤이더되고
바다바람이 칩기만합니다。

다만고요히 누어드르면
다만고요히 누어드르면

밤

* 『개벽』20호(1922. 2)에 실린 작품.

1. 사뭇차도록 – 사무치도록. 속까지 깊이 미치어 닿도록. 숭문사(崇文社)판 참조.
2. 니칠듯해요 – 잊힐듯해요.
3. 발서 – 벌써. 김억(金億) 편, 『먼 후일(後日)』참조.

— 25 —

하이얏케 밀어드는 봄밀물이

눈압풀 가루막고 홀녹긴샌이야용

— 26 —

꿈꾼 그 옛날

박째는 눈, 눈이 와라,
고요히 窓아래로는 달빗치 드러당
어스름 타고서 오신 그 女子는
내쑴의 품속으로 드러와 안겨라.

나의 버개는 눈물로 함색히 저젓서랑
그만 그 女子는 가고 마랏느냐.
다만 고요한새벽, 별그림자 하나가
窓롬을 엿보아라。

꿈꾼 그 옛날

* 『개벽』20호(1922. 2) 18면에 실린 작품. 이 작품의 초고상태 원고를 보면 소
월시의 개작 과정이 파악된다. 초고가 『개벽』에 발표되는 단계에서 1/2로 줄
어 들었다. 시어가 크게 축약되어 있는 것이다.

1. 어스름 타고서 - 어름. 어스레한 상태 또는 그러한 때. 어스름 타고서는 미처
밝아지거나 아주 어두워지지 않은 때를 타고서.
2. 함쌕히 - 함빡. (물 따위가) 내배도록 젖은 모양.

쑴으로오는 한사람

나히차라지면서 가지재되엿노라

숨어잇든한사람이, 언제나 나의,

다시깁픈 잠속의꿈으로 와라

붉으렷한 얼골에 가늣한손가락의,

모로는듯한擧動도 前날의모양대로

그는 야저시 나외팔우혜 누어라

그러나, 그래도 그러나!

말할 아무것이 다시업는가!

그냥 먹먹할뿐, 그대로

그는 니러라。닭의 홰치는소래。

쌔여서도 늘, 길써리엿사람을

밝은대낫에 빗보고는 하노라

쑴으로오는 한사람

1. 나히차라지면서 – 나이 자라면서. 곧 성장하면서 여기서 '차라'는 '자라'의 오식이었을 것으로 추정된다. 숭문사(崇文社) 판에는 '자라지면서'로 되어 있다.
2. 가늣한 – 가는.
3. 야저시 – '의젓이'의 작은 말.
4. 홰 – 닭장이나 새장 속에 가로지른 나무 막대.

— 31 —

눈 오는 저녁

바람자는 이저녁
흰눈은 퍼붓는대
무엇하고 개시노
가론저녁 수年은……

꿈이라도 쒸면은!
잠풀언 맛날넌가
니젓든 그사람은
흰눈라고 오시네.

저녁쌔。흰눈은 퍼부어랑。

눈오는 저녁

*평안도 방언식 표기에 연철이 두드러지게 나온다.

1. 쒸면은 – 꾸면은.
2. 맛날넌가 – 만나려나.

— 32 —

紫朱 구 름

물고흔 紫朱구름,
하눌은 개여오네.
밤중에 몰내 온눈
솔숩헤 꼿피엿네.

아츰볏 빗나는때
알알이 써노는눈
밤새에 지난일은……
다닛고 바라보네.

움직어리는 紫朱구름.

紫朱 구름

* 자주(紫朱) - 자주빛, 보라에 붉은 기운이 섞인 빛깔로 봉건시대에는 제왕을
  상징 했다.

1. 물고흔 - 물 고운.
2. 다닛고 - 다 잊고.

— 33 —

두 사 람

흰눈은 한닙
또 한닙
嶺기슭을 덥플째.
집신에 감발하고 길심매고
웃둑 니러나면서 도라서도
다시금 또 보이는,
다시금 또 보이는.

두 사람

1. 덥플째 – 덮을 때.
2. 감발 – 발 감개. 버선을 신는 대신 발에 좁고 긴 무명을 감는 것. 「길차부」 참조.
3. 길심 – 길을 떠날 때 옷 따위를 동여매는 것. 「길차부」 참조.

—34—

닭 소 래

그대만 업재되면
가슴뒤노는 닭소래 늘 드러랑

밤은 아주 세여올쎄
잠은 아주 다라날쎄

꿈은 이루기어려워랑。

저리고 압픔이어
살기가 왜 이리 고달포냥

새벽그림자 散亂한물풀우흘

닭 소래

* '가슴 뒤노는'은 『소월 시초』에는 '뛰노는'으로 되어 있다. 초판 『진달내꼿』
때의 오식이 나온 부분이다.

1. 업게되면 - 없으면.
2. 우흘 - 위를.
3. 건일어라 - 거닐어라.

— 35 —

— 36 —

못니저

못니저 생각이 나겟지요,
그런대로 한세상 지내시구려,
사노라면 니칠날 잇스리다.

못니저 생각이 나겟지요,
그런대로 세월만 가라시구려,
못니저 더러는 니치오리다.

그러나 또한긋 이럿치요,
「그립어 살틀히 못닛는데,
어쎄면 생각이 쩌지나요?」

못니저

* 『개벽』35호(1923. 5)에서 「사욕절(思慾絕)」이란 제목에 묶인 작품 중 첫째
편. 시집에 수록될 때 2연이 2행에서 3행으로 개작되었다.
1. 사노라면 니칠날 잇스리다 – 살아가면 잊혀질 날이 있을 것입니다. '잊힐날'
에 '있으리이다'의 뜻을 가진 어미를 붙여서 감칠맛이 있는 표현이 되었다.
2. 또한긋 – 또 한끝, 또 한편.
3. 이럿치요 – 이렇지요.
4. 살틀히 – 『개벽』35호(1923. 5)에서는 '살뜰이'로 개작되었다.

— 37 —

예 전 엔 밋 처 몰 낫 섯 요

봄가을업시 밤마다 돗는달도
「예전엔 밋처몰낫서요.」

이럿케 사뭇차게 그려울줄도
「예전엔 밋처몰낫서요.」

달이 암만밝아도 쳐다볼줄을
「예전엔 밋처몰낫서요.」

이제금 저달이 서름인줄은
「예전엔 밋처몰낫서요.」

예전엔 밋처몰낫서요

*시집 수록 때 제목이 과거완료형으로 고쳐졌다. 그 후 『소월 시초』때 환원되었다. 또한 첫연 첫행 마지막인 '돗는 달도'가 『소월 시초』에서는 '달을'로 되었다. 「못니저」와 함께 소월의 서정곡을 대표한다.

1. 돗는 – 돋는.
2. 사뭇차게 – 사무치게. 「밤」참조.

— 38 —

자나쌔나 안즈나서나

자나쌔나 안즈나서나
그림자갓튼 벗하나이 내계 잇섯습니다。

그러나、 우리는 얼마나 만흔세월을
쓸데업는 피롭음으로만 보내엿겟습니까ㅡ

오늘은 쏘다시、 당신의가슴속、 속모를곳을
울면서 나는 취저어바리고 쩌납니다그려。

허수한맘、 풀곳업는心事에 쏘라틴가슴
그것이 사랑、 사랑이든줄이 아니도닛첫니당。

자나쌔나 안즈나서나

* 『개벽』35호(1923. 5)에서 「사욕절(思慾絕)」이란 제목에 묶인 작품 중 셋째 편.

1. 허수한 ─ 허수하다. (모르는 사이에 없어져 빈자리가 난 것을 깨닫고) 허전하
   고 서운하다. 「바다서의 밤」에 나오는 '허수럽다'에 대비 가능하다. 『개벽』
   의 '하소연한 맘'은 김억(金億)식의 말이다. 이것이 『진달내꼿』에서 고쳐진
   것은 소월의 뜻에 의한 것으로 생각된다.

— 39 —

해가山마루에저므러도

해가山 마루에 저므러도
내게두고는 당신때문에 저뭅니다.

해가 山마루에 올나와도
내게두고는 당신때문에 밝은아츰이라고 할것입니다.

쌍이 써저도 하눌이 문허저도
내게두고는 솟써지모두다 당신때문에 잇습니다.

다시는, 나의 이러한맘쑨은, 째가되면,
그림자갓치 당신한테로 가우리다.

해가山마루에저므러도

＊시집에 수록된 작품들 주에 가장 많이 손질이 가해진 작품. 개작으로 시인의
  생각이 크게 정리되고 집약된 점이 주목된다. 『개벽』35호(1923. 5)에서 「사
  욕절(思慾絕)」이란 제목에 묶인 작품 중의 넷째 편.

1. 저므러도 – 저물어도.
2. 내게두고는 – 내게 있어서는.
3. 문허저도 – 무너져도.

아니오땅 로짓이人짧하너 오호

나의 金億씨에게.

無主空山

素月

---

* 무주공산(無主空山) - 사람이 보이지 않는 빈산. 「나의 金億(김억)씨에게」는
소월이 이 편을 특히 김억에게 바치고자 했음을 뜻한다. 김억은 오산고보 때
부터 그의 스승이었고 또한 소월이 문단에 등단하도록 길을 열어준 분이었다.

— 43 —

꿈

닭개즘생조차도 꿈이잇다고
니르는말이야 잇지안은가,
그리하다, 봄날은꿈살쎄.
내몸에야 꿈이나잇스랴,
아아 내세상의꼿티어,
나는 꿈이그립어, 꿈이그립어.

꿈

* 연철형 표기와 사투리가 심하다. 『개벽』19호(1922. 1) 35면에 실린 작품.

1. 잇지안은가 – 있지 않은가.
2. 꼿티어 – 끝이어.

— 44 —

맘 경 기 는 날

오실날
아니오시는사람!
오시는것갓게도
맘경기는날!
어느덧 해도지고 날이저므네!

맘경기는 날

1. 경기다 – '마음에 근심걱정이 되다' 의 평안도 방언. '맘 캥기다' 로 쓸 수 있
   다. 「바다싸의밤」의 '경기다' 와 대조.
2. 오시는것갓게도 – 오시는 것과 같이, 오시는 것과 다르지 않게.

— 45 —

하 눌 쯧

불연듯
집을나서 山을치다라
바다를 내다보는 나의身勢여!
쌔는쎠나 하눌로 쯧츨가누나!

하눌 쯧

*불과 네 행에 집, 산, 바다, 하늘 등 다양한 공간 변화를 보인 독특한 기법의
작품.

1. 불연듯 – '불현듯이'의 사투리.
2. 치다라 – 위로 향해 달리거나 달려 올라가다. 치닫다」 치달아」 치다라.

— 46 —

개 아 미

진달내 꽃치퓌고
바람은 버들가지에서 울쌔,
개아미는
허리가눗한 개아미는
봄날의한나절, 오늘하루도
꼬달피 부주런히 집을져어라°

개아미

* 『개벽』19호(1922. 1) 36면에 '개암이'로 실린 작품.

1. 개아미 – 개미.
2. 부주런히 – 부지런히.

— 47 —

제 비

하눌로 나라다니는 재비의몸으로도
一定한깃을 두고 도라오거든!
어찌설지안으랴, 집도업는몸이야!

제비

* 『개벽』19호(1922. 1) 36면에 실린 작품.

1. 나라다니는 – 날아 다니는.
2. 설지 – 섧지. 원통하고 슬프다, 서럽다. 섧다 」 설다 「樹芽(수아)」참조.

— 48 —

부 헝 새

간밤에
툇窓박게
부헝새가와서 울더니,
하로룰 바다우헤 구름이캄캄
오늘도 해못보고 날이저므네

부헝새

* 『개벽』19호(1922. 1) 36면에 실린 작품.

1. 하로 – 하루.
2. 바다 우헤 구름이 캄캄 – 바다 위에 구름이 겹겹으로 쌓여 어둡다의 뜻.

— 49 —

萬 里 城

밤마다 밤마다
온하로밤!
싸핫다 허럿다
진萬里城!

萬里城

* 『동아일보』(1925. 1. 1)에 실린 작품. 단어 열개 이내로 화자의 적실한 감정을
  담기에 성공한 작품.

1. 온 하로 밤 – 온 하루 밤.
2. 싸핫다 – 쌓았다.
3. 허럿다 – 헐었다.

— 50 —

樹芽

설다해도
웬만한,
봄이안이어,
나무도 가지마다 눈을트서라—

樹芽

*『개벽』19호(1922. 1) 36면에 실린 작품.

1. 수아(樹芽) - 나무에 튼 눈. 또는 잎새.
2. 터서라 - 틔웠어라. (풀·나무 따위의 싹이나 눈·꽃봉오리 따위가) 돋아나거나 벌어지게 하다. 트다」틔우다.

배경
배경

— 53 —

담 배

나의 진한숨을 동무하는
못닛게 생각나는 나의담배—
來歷을니저바린 녯時節에
낫다가 새업시 몸이가신
아씨님무덤우의 풀이라고
말하는사람도 보앗서랴.
어물어물눈압페 스러지는김은煙氣,
다만 타붓고 업서지는불꼿.
아 나의피름은 이맘이어.
나의하욤업시 쓸쓸한만흔날은
너와한가지로 지나가라.

담배

1. 낫다가 새업시 – '태어나서 새업시'로 읽어야 할 부분. 여기서 '새'가 '사이'
   로 해석된 예가 있다. 그러나 그것으로는 문맥이 잘 통하지 않는다. 이기문
   교수의 전게 논문에 따르면 평안북도에서 이치에 맞지 않는 말을 "두 새 없는
   말을 한다"라고 한다는 것이다. 여기서 두새는 두서의 사투리 형태다. 이때의
   두서는 두서(頭緖)로 머리와 끝을 가리킨다. 따라서 '두서없이'는 '갈피없이'
   를 의미한다. '새'는 제 정신을 차리지 못한 상태로 보는 것이 옳다.
2. 하욤업시 – '하염없이'의 방언. 이런 아어형(雅語形) 어휘는 김억이 매우 즐
   겨 쓴 것으로 소월이 그 영향을 받은 것 같다.

— 54 —

失題

이가람따저가람이 모두쳐흘너
그무엇을 뜻하는고?

미덤음을모르는 당신의맘

죽은드시 어둡은긴픈끝의
써림축한피물은 몸쓸쭘의
피로죽죽한불길은 호로지만
더듬기에짓치운 두손길은
부러가는바람에 식키셔요

失題

*『동아일보』(1925. 7. 21)에 실린 작품 시집 수록 때 28행의 작품이 15행으로 축소 정리되고 연구분이 없던 것이 현형과 같이 되었다.

1. 失題(실제) - 제목을 잊어버림. 같은 제목의 작품이 이 시집 7번째 것에도 있었음에 주의.
2. 쳐흘너 - 치흘러.
3. 짓치운 - 지친.

— 55 —

밝고호젓한　보름달이
새벽의혼들니는　물노래로
수접음에침음에　숨울드시
썰고잇는물밋흔　여긔외다。

미덥움을모르는　당신의맘
저山파이山이　마주섯서
그무엇을　듯하는고?

---

4. 밝고 – 밝고의 잘못.
5. 수접음에침음에 – 수줍음에 추음에.

—56—

어 버 이

잘살며 못살며 할일이안이라
죽지못해산다는 말이잇나니,
바이죽지못할것도 안이지마는
금년에열네살, 아들딸이 잇섯서
순복에아부님은 못하노란다。

어버이

*마지막 행 "순복에아부님은"에서 '순복에'는 '순복네'의 오식인 것 같다. 『소월 시초』에서는 '순이(順伊)네 아부님'으로 고쳐졌으나 숭문사(崇文社) 판에서는 다시 '순복에 아버님은'으로 되어 있다. '순복네 아버님'이 더 좋을 것같다.

1. 바이 – '아주, 전연, 도무지'의 뜻을 가진다.
2. 못하노란다 – 앞에 '죽지'가 빠진 형태이다.

— 57 —

父 母

落葉이 우수수 써러질째,
겨울의 기나긴밤,
어머님하고 둘이안자
옛니야기 드러라.

나는어쩨면 생겨나와
이니야기 듯는가?
뭇지도마라라, 來日날에
내가父母되여서 알아보랴?

父母

* 작곡이 되어 가요로 널리 불리는 작품.

1. 낙엽(落葉)이 우수수 써러질 째/ 겨울의 기나긴 밤—은 진술의 차원에서는 적절하지 않다. 낙엽이 떨어질 때는 가을이지 겨울이 아니기 때문이다.
2. 어쩨면 – 어쩌면.
3. 뭇지도 – 묻지도.

— 58 —

후 살 이

홀로된 그 女子
近日에 와서는 후살이간다 하여라
그러치안으랴, 그 사람쩍나서
제이十年, 저 혼자 더 살은오늘날에 와서야!!!
모두다 그럴듯한 사람사는일래요.

후살이

1. 후살이 – 여자가 개가(改嫁)하여 사는 일
2. 제이十年 – '이제 十年'으로 보는 것이 타당하다. 『소월 시초』에는 '이제! 十年'으로 되어 있다.
3. 사람사는일래요 – 사람 사는 일일래요. 『소월 시초』에는 '사람사는 일체(一體)요'로 보고 있으나 무리한 해석인 것 같다.

니 젓 든 맘

집을써나 먼 저곳에
외로히도 단니든 내心事를!
바람부러 봄쏫치 필째에는,
어쎼랴 그대는 쓰왓는가,
저도닛고나니 저모르든그대
어찌하야 옛날의꿈조차 합세오는가
쓸데도업시 서렵게만 오고가는맘。

니젓든맘

* 『개벽』26호(1922. 8) 26면에 실린 작품.

1. 단니든 – 다니든.
2. 어쎼타 – 어찌ㅎ다. '어이하여'의 고형.

— 60 —

봄 비

어룰업시지는꼿츤　가는봄인데
어룰업시오는비에　봄은우러라。
서럽다、이나의가슴속에는！
보라、놉픈구룸　나무의푸릇한가지。
그러나　해느즈니　어스름인가。
애달피고흔비는　그어오지만
내몸은꼿자리에　주저안자　우노랑。

──────────

봄비

1. 어룰업시 — 얼굴없이. ‘어룰’ 은 ‘얼굴’ 의 평안도 방언. 「제물포(濟物浦)에
　서」, 「벗과 벗의 넷님」 참조.
2. 그어 — 비가 잠시 그치어. ‘긋다’ 의 ㅅ불규칙 활용.

— 61 —

비단 안개

눈물이 비단안개에 둘너울쩨,
그쩨는 참아 닛지못할쩨러라.
맛나서 울든쩨도 그런날이오,
그리워 빗친날도 그런쩨러라.

눈물이 비단안개에 둘너울쩨,
그쩨는 홀목숨은 못살쩨러라.
눈물이 눈가지에 당치마귀로
젊은게집목매고 달닐쩨러라.

눈물이 비단안개에 둘너울쩨,

비단 안개

* 『배재』(1923. 3)에 「접동새」와 함께 실린 작품.

1. 홀목숨 - 혼자 사는 목숨, 혼자 사는 사람.
2. 당치마 - 신부가 폐백드릴 때 입는 옷.

그때는 꿍달새 소슬떼리라。
물에라、바다에라、하늘에서랴、
아지못할무엇에 醉할떼러라。

눈물이 비단안개에 몰니울째、
그때는 참아 닛지못할떼러랑。
첫사랑잇든째도 그런날이오
영리별잇든날도 그린째러라。

— 63 —

記 憶

달아래 싀멋업시 섯든그女子,
서잇든그女子여, 햇슥한얼골,
햇슥한그얼골 적이파릇함.
다시금 실벗듯한 가지아래서
식컴은머리씰은 번석어린더.
다시금 하로밤의식는江물을
平壤의긴단쟝은 숫고가든째.
오오 그싀멋업시 섯든女子여!

그립다 그한밤을 내겨잣갑든
그대여 꿈이깁든 그한동안을

記憶

1. 싀멋업시 – 망연히, 아무 생각없이. '月色'과 대조.
2. 적이 – 약간, 다소.
3. 실벗듯한 – 실버듯하다. 실이벗어가듯하다.
4. 머리썰 – 머리칼. 정주방언.
5. 숫고가든째 – '숫다'는 '숫고'의 기본형. 숫다는 '떠들다'의 의미. 떠들고 가던 때. 숭문사 판은 불명. 다른 판본에서는 '숯고'로 되어 있다.

— 64 —

슬픔에　구엽음에　다시사랑의
눈물에　우리몸이　맛기웠든째。
다시금　고지낙한城박골목의
四月의 느져가는　쓴눈의밤을
한두個灯불빗촌　우러새든째。
오오　그시멋업시　섯든女子여!

---

6. 고지낙한 - 고즈넉하다. '잠잠하고 호젓하다'의 관형사형에 해당되는 방언.

— 65 —

愛 慕

왜 안이 오시나요。

暎窓에는 달빗、梅花옷치
그림자는 散亂히 쥐젓는데。
아이。눈 싹감고 요대로 잠을들쟈。

저 멀니 들니는것!

봄철의 밀물소래

물나라의 玲瓏한 九重宮闕、宮闕의 오요한곳、
잠못드는 龍女의 춤과 노래、봄철의 밀물소래。

어둡은 가슴속의 구석구석……

愛慕

1. 영창(暎窓) - 暎窓 방을 밝게하기 위해 방과 마루사이에 낸 주쪽으로 된 미닫
   이 暎窓의 暎의 映의 잘못.
2. 싹감고 - 꽉 감고, 딱 감고.
3. 오요한 곳 - 奧遙한 곳, 깊고 먼 곳.

— 66 —

환연한 거울속에, 봄구름잡긴곳에,
소솔비나리며, 달무리둘너라.
이대도록 왜안이 오시나요 왜안이 오시나요

---

4. 환연한 – 찬란한.
5. 소솔비 – 소슬비, 으스스하고 쓸쓸하게 내리는 비.

— 67 —

몹 쓸 꿈

봄새벽의몹쓸꿈
세고나면!
울짓는가 막까치, 놀나난소래、
너희들은 눈에 무엇이보이느냐.

봄철의죠흔세벽、 풀이슬 매쳣서라。
불지어다、 歲月은 도모지便安한데、
두세업는 저가마귀、 새들게 울짓는 저까치야、
나의凶한꿈보이느냐?

고요히쏘봄바람은 봄의빈들을 지나가며、

몹쓸 꿈

1. 울짓는 – 우짓는, 울고 지저귀는 「無信」참조.
2. 도모자 – '도무지' 의 방언. 아무리 애를 써 봉야 전혀, 또는 이러니저러니 할
   것없이 아주.
3. 새들게 – 정주지방 방언. 남은 말 할 수 없게 혼자만 짓거리는 것을 가르켜
   말함. 이기문, 전게논문 참조.

— 68 —

이윽고 동산에서는 묏나물이 흣터질째,
말드러라, 애틋한 이女子야, 사랑의째문에는
모두다 사납은兆朕인뜻, 가슴을 뛰노아랑

---

4. 조짐(兆朕) – 어떤 일이 회복될 기미가 보이는 경우, 조상(兆祥).

— 69 —

그를쑴쑨 밤

야밤중, 불빗치밝하게
어렴프시　보여라。

풀니는듯, 마는듯,
발자국소래。

스러저가는　발자국소래c

아무리　혼자누어　몸을뒤재도
일허바린잠은　다시안와라。

야밤중, 불빗치밝하게
어렴프시 보여라。

그를 쉼쉰 밤

1. 밝하게 – 발갛게(숭문사 판).
2. 뒤재도 – 뒤척이다. 뒤바꾸거나 뒤척이다. 「고만두풀노래」에는 '뒤재이다' 라고 쓰었다.
3. 일허바린 – 잃어버린.

— 70 —

女子의 냄새

푸른구름의옷닙은 달의냄새.
붉은구름의옷닙은 해의냄새.
안이, 땀냄새, 째무든냄새,
비에마자 축업은살과 옷냄새.

푸른바다…… 어즈리는맥……
보드랍은그립은 엇든목숨의
조고마한푸릇한 그무러진靈
어우러져빗기는 살의아우성……
다시는葬死지나간 숩속엣냄새.

女子의 냄새

1. 축업은 – 축업다. 축축하다. 정주지방의 방언. 이기문, 전게논문 참조.
2. 어즈리는 – 어즈리다. 어지럽게 하다. 흩어져 있다.
3. 그무러진 – 그무리다. 그뭇거리다. 그물거리다. 불빛이 밝아졌다 침침해졌
   다 하다. 「서울의 밤」, 「녀름의 달밤」, 「소소소(蘇小小) 모텀」참조. 소소소는
   소(蘇)가 성이고 소소(小小)가 이름이다.

幽靈실은널쩌는　배싼엿섬새。

생고기의　바다의섬새。

느즌봄의　하늘을쩌도는섬새。

모래두면바람은　그물안개를　붉고

먼거리의불빗촌　달저녁울우러라。

섬새만흔　그몸이좃습니다。

섬새만흔　그몸이좃습니다。

— 72 —

粉 얼 골

불빗혜쩌 오르는 샛보얀얼골、
그얼골이 보내는 호젓한냄새、
오고가는입술의 주고밧는盞、
가느스럼한손셜은 아르대여라。

달빗치 수풀우흘 쩨호르는가、
줄그늘우혜 그대의목노리、
어렴픗하면서도 다시分明한
검오스러하면서도 붉오스러한

그대하고 나하고 쓰는 그게집

粉 얼굴

1. 호젓한 ─ 고요한, 쓸쓸하고 외로운.
2. 아르대여라 ─ 아르대다, 어리대다. 남의 눈앞에서 왔다 갔다하다.
3. 줄그늘우혜 그대의 목노리 ─ 잘 해독이 되지 않는 부분. 『素月詩抄』에서는 '목노리'가 '목소리'로 고쳐져 나온다. '목노리'를 그대로 두면 '줄그늘 위에 그대의 목노리'로 읽을 수가 있다. 이것은 상대방 곧 '그대'의 심상을 줄타기를 하는 광대와 겹치게 한 것으로 볼 수 있고, 그때 '목노리'는 '재주' 정도로 해석이 가능하다.

— 73 —

밤에 노는세사람、 밤의세사람、
다시금 술잔우의 진봄밤은
소리도업시 窓박그로 새여빠저라

— 74 —

안 해 몸

들고나는　밀물에
빼쳐나간자리야　잇스랴.
어질은안해인　남의몸인그대요
「아주, 엄마엄마라고　불너우기前에.」

꿀석히기에　烟氣가나고
돌바우안이기에　좀이　드러라.
젊으나　젊으신　청하눌인그대요,
「착한일하신분네는　天堂가옵시리랑.」

안해 몸

1. 어질은 – 어지다, 곧 착하다.
2. 불니우기 – 불리기, '부르다' 의 피동사.
3. 돌바우안이기에 좀이 드러라 – 돌바위처럼 무심하기만 한 것은 아니기 때문에좀이 슬기도 한다. 곧 착하디 착한 아내이기는 하나 때로는 감정의 얼룩같은 것도 생긴다는 뜻.

— 75 —

서 울 밤

붉은 電灯。
푸른 電灯。
놉다란 거리이면 푸른 電灯。
막다른 골목이면 붉은 電灯。
電灯은 반짝입니다。
電灯은 구무립니다。
電灯은 쏘다시 어스렷합니다。
電灯은 죽은듯한 긴밤을 직힘니다。

나의가슴의 속모를곳의
어둡고밝은 그속에서도

서울밤

1. 그무립니다 - 그무리다, 그뭇거리다. 불빛이 밝아졌다 침침해졌다 하다. 「여
   자의 냄새」참조.
2. 어스렷합니다 - 어스렷하다, 어스러하다. 밝지 못하고 조금 어둑하다. 「닭은
   쏘구요」, 「여름의 달밤」참조.
3. 전등(電灯) - 電燈(전등)과 같은 정(灯) - 은 燈의 약자.

붉은電灯이　호득여웁니다、
푸른灯電이　호득여웁니다。

붉은電灯。
푸른電灯。

머나먼밤하눌은　새캄합니다。
머나먼밤하눌은　색캄합니다。

서울거리가　조라고해요、
서울밤이　조라고해요。

붉은電灯。
푸른電灯。

나의가슴의　속모를곳의
프른電灯은　孤寂합니다。
붉은電灯은孤寂합니다。

---

4. 灯電 – 電灯의 오식.
5. 흐득여웁니다 – 흐드기다, 흐느끼다, 곧 흐느껴웁니다.

長

雨

— 79 —

가을아츰에

엇득한퍼스렷한 하늘아래서
灰色의집웅들은 번쩍어리며,
성깃한섭나무의 드믄수풀을
바람은 오다가다 울며맛날째,
보일낙말낙하는 멧골에서는
안개가 어스러히 흘녀싸혀라。

아아 이는 찬비온 새벽이려라。
냇물도 닙새아래 어러붓누나。
눈물에쌔여 오는모든記憶은
피흘닌傷處조차 아직새롭은

가을 아츰에

1. 엇득한 – 엇듯한, 어득한. 기본형은 '어둑하다', 제법 어둡다.
2. 퍼스렷한 – 약한 푸른 빛을 띤. 기본형은 '퍼스렷하다'.
3. 성깃한 – 성깃하다. 조금 성기듯하다.
4. 닙새 – 잎새. 金億의 작품에도 이런 표기가 자주 나온다.

— 80 —

가주난아기갓치　울며서투는
내靈을　에워싸고　속살거려랑.

「그대의가슴속이　가뷔엽든날
그립은그한째는　언제여섯노ー」
아아어루만지는　고흔그소래
쌓아　딘가슴에서속살거리는、
밉음도　부주럽도　니즌소래에、
쏫업시　하염업시　나는　우러랑.

---

5. 가주난 - 갓난. '가주' 는 '갓' 의 평안도 방언.
6. 가뷔엽든 - 가볍던.

— 81 —

가을저녁에

물은 희고길구나, 하눕보다도.
구룸은 붉구나, 해보다도.
서럽다, 놉파가는 길파가는 진흙못에
나는 떠돌며울며 생각한다, 그대를

그늘깁퍼 오르는발압프로
못업시 나아가는길은 압프로
키놉픈나무아래도, 물마을은
성긧한가지가지 새로웁운다.

그누가 온다교한 言約도 업것마는—

가을 저녁에

1. 그늘깁퍼 오르는발압프로 – 그늘 깊어 오는 발 앞으로.

— 82 —

기다려볼사람도 업것마는—
나는 오히려 못물새을 싸고셔돈당
그못물로는 놀이 자줄쎄。

---

2. 자즐 – 사그러들. 기본형은 '잦다'.

— 83 —

半 달

회멀슥하여 쎠돈다、하늘우헤、

빗죽은半달이 언제 올낫나!

바람은 나온다、저녁은 칩구나、

흰물새엔 뚜렷이 해가 드누나。

어둑컴컴한 풀업는들은

찬안개우흐로 쎠흐른다。

아、겨울은 집펏다、내몸에는、

가슴이 문허저나려안는 이서름아!

가는님은 가슴엣사랑까지 업세고가고

半달

1. 빗죽은 – 빛죽은, 빛이 죽은, 빛을 잃은.
2. 칩구나 – 춥구나.

─84─

검윰은 늙윰으로 밧구여든다。

풀가시나무의 밤드는 검윤가지

님새돌만 저녁빗헤 희그무려히 밧지못한다。

---

3. 희그무려히 ─ 희고 거뭇하게, 곧 희나 그 모습이 뚜렷하지는 않게.

— 87 —

맛나려는 心思

저녁해는 지고서 어스름의길,
저먼山엔 어두워 일허진구름,
맛나려는심사는 원셈일싸요,
그사람이야 올길바이업는데,
발길은 누마중을 가쟌말이냐,
하늘연 달오르며 우는기럭기.

맛나려는 心思

＊『학생계』2호(1920. 7) 44면에 실린 작품.

1. 심사(心思) – 마음, 생각. 때로 남을 해롭게 하려는 고약한 마음보를 뜻하기
   도 했으나 이 시에서는 앞의 경우로 쓰였다.
2. 맛나려는 – 만나려는.
3. 어스름의길 – 어스름한 길.
4. 바이 – 전혀, 아주.
5. 누마중을 – 누구 마중을, 『소월 시초』에는 '뉘 마중을'로 되어 있다.

—88—

옛 낫

생각의끗테는　조름이　오고
그립음의끗테는　니즘이　오나니,
그대여, 말을마러라, 이後부터,
우리는　옛낫업는서름을　모르리.

옛낫

* 『동아일보』(1921. 6. 8)와 『개벽』3권 26호(1922. 8) 86면에 실린 작품.

1. 조름 – 졸음.
2. 그립음의 끗테는 니즘이 오나니 – 그리움의 끝에는 잊음이 오나니.

— 89 —

깁피 밋든 心誠

깁피밋든心誠이 荒凉한 내가슴속에,
오고가는 두서너舊友를 보면서하는말이
「인저는、당신네들도 다 쓸데업구려―」

깁피 밋든 心誠

* 『동아일보』(1921. 6. 8)와 『개벽』3권 26호(1922. 8) 25-26면에 실린 작품.

1. 심성(心誠) – 정성을 다함. 한문 숙어에 심성구지(心性求之)라고 있는데 정성
   을 다하여 도(道)를 구함의 뜻이다.
2. 깁피 – 깊이.
3. 인저 – 이제.

— 90 —

꿈

꿈? 靈의해적임。 서름의 故鄕。
울자, 내사랑, 꽃지고 저므는봄。

꿈

* 『동아일보』(1921. 6. 8)에 실린 작품. 서정단곡이 주조가 되어 있는 소월의 작품 가운데도 가장 짧은 것 가운데 하나다.

1. 해적임 – 뒤의 '서름의 故鄕'과 대가 되는 부분으로 '해적'은 명사가 되어야 한다. '해적'은 年譜 혹은 비망록 정도로 해석하는 것이 타당하다.
2. 서름 – 설움.

님과 벗

벗은 서름에서 반갑고
님은 사랑에서 죠와라.
알기쏫픠여서 香氣롭은째를
苦椒의 붉은열매 닉어가는밤을
그대여, 부르라, 나는 마시리.

님과 벗

*『개벽』3권 26호(1922. 8) 26면에 실린 작품.

1. 죠와라 – 좋아라.
2. 닉어가는 – 익어가는.

— 92 —

紙鳶

午后의 네길거리 해가 드럿다,
市井의 첫겨울의 寂寞함이어,
우둑키 문어구에 혼자섯스면,
흰눈의 닙사귀, 紙鳶이 뜬다。

紙鳶

* 『문명(文明)』1호(1925. 12) 48면에 실린 작품.

1. 지연(紙鳶) – 연. 종이로 만든 연.
2. 시정(市井) – 인가가 모인 곳. 흔히 저자거리를 가리킨다.
3. 적막(寂寞) – 쓸쓸한 것.
4. 우둑키 – 우두커니
5. 문어구 – 문(門)어귀
6. 흰눈의 닙사귀, 지연(紙鳶)이 뜬다 – 연을 눈의 잎새에 비유한 것. 소월의 시에는 이와 같은 심상 제시가 여러 곳에 나타난다.

— 93 —

오시는 눈

짱우헤 쌔하얏케 오시는눈.
기다리는날에는 오시는눈.
오늘도 저안온날 오시는눈.
저녁불 컬째마다 오시는눈.

오시는 눈

* 『배재』2호(1923. 3) 123면에 실린 작품.

1. 쌔하얏케 – 새하얗게.
2. 오늘도 저안온날 – 오늘도 그가 안 오는 날. 여기서 '저'는 인칭 대명사.

— 94 —

셔름의덩이

쑤러안자 울니는 香爐의香불.
내가슴에 죠고만셔름의덩이.
초닷새달그늘에 빗물이 운다.
내가슴에 죠고만 셔름의덩이.

셔름의덩이

＊소월의 시에 자주 등장하는 것으로 제사 때의 일을 제재로 한 작품인 듯하다.

1. 향로(香爐) – 향을 피우는 그릇. 화로, 향정(香鼎), 훈정(薰鼎)이라고도 했다.
2. 쑤러안자 올니는 – 꿇어 앉아 올리는. 『소월 시초』에는 '쑤러안자 올니는'
   이 '꿇어 앉아 올니는'으로 되어 있다.
3. 죠고만 – 조그만.

— 95 —

樂天

살기에 이러한세상이라고
맘을 그렷케나 먹어야지,
살기에 이러한세상이라고,
웃지고 닙진가지에 바람이 운다.

樂天

* 『신천지』9호(1923. 8) 91면에 실린 작품.

1. 낙천(樂天) - 하늘의 섭리에 순응하여 마음을 편안하게 가지는 것. 마음을 괴
   롭히지 않고 생을 즐기는 것. 한자어로는 「종달이」를 가리키기도 했다.
2. 그렷케나 - 그렇게나.
3. 닙진가지 - 잎 진 가지, 잎이 시들어 떨어진 가지.

— 96 —

바 람 과 봄

봄에 부는바람, 바람부는봄,
적은가지흔들니는 부는봄바람,
내가슴흔들니는바람, 부는봄,
봄이라 바람이라 이내몸에는
옷치라¹ 술盞이라하며 우노랑

바람과 봄

* 『동아일보』(1921. 4. 9)와 『개벽』22호(1922. 4) 48면, 『배재』2호(1923. 3) 124면에 실린 작품.

1. 옷치라 – 꽃이라.

— 97 —

눈

새하얀흰눈, 가븨얍게밟을눈,
재갓타서 날닐듯써질듯한눈,
바람엔 훗터저도 봄셜에야 녹을눈。
계집의마음。 님의마음。

눈

＊『문명』1호(1925. 12) 47면에 실린 작품.

1. 샛하얀 흰눈 – 흰 빛을 뜻하는 형용사가 두 번 겹쳐져 있다. 음성 효과를 살
   리기 위한 것으로 생각된다.
2. 가븨얍게 – 가볍게.
3. 갓타서 – 같아서.
4. 훗터저도 – 흩어져도.

— 98 —

깁고 깁픈 언약

몹쓸은꿈을 쌔여 도라눕을쌔,
봄이와서 멧나물 도다나올쌔,
아름답은졂은이 압플지날쌔,
니저바렷던드시 저도 모르게,
얼결에생각나는「깁고깁픈언약」

깁고 깁픈 언약

* 『배재』2호(1923. 3) 117면과 『문명』1호(1925. 12) 48면에 실린 작품.

1. 몹쓸은꿈을 – 몹쓸 꿈을. 이 작품 자수율이 7 · 5조인 것을 감안하면 '몹쓸은' 은 요령부득의 것이다. 의도적인 파격을 작품 머리에 둔 것으로 생각된다.
2. 멧나물 – 산나물. '메' 는 '들' 의 고어이지만 여기서는 '뫼' 로 보는 것이 좋겠다.
3. 얼결에 – 얼떨결에.

— 99 —

붉은 潮水

바람에밀녀드는　저붉은潮水
저붉은潮水가　밀어들쌔마다
나는　저바람우헤　올나서서
푸릇한　구름의옷을　닙고
붉갓튼저해를　품에안고
저붉은潮水와　나는함께
쒸놀고십구나、저붉은潮水와。

붉은 潮水

* 『동아일보』(1921. 4. 9)에 실린 작품.

1. 올나서서 – 올라서서.
2. 푸릇한 – 푸른, 푸르게 생각되는.
3. 붉갓튼 – 불같은.

— 100 —

남의 나라 땅

도라다보이는 무쇠다리

얼결에 씌워건너서서

숨그르고 발놋는 남의나라쌍

남의 나라 쌍

*한만국경에 있는 압록강 철교를 건너간 체험을 바탕으로 한 시로 생각된다. 『동아일보』(1925. 1. 1)에 실린 작품.

1. 숨그르고 – 기본형은 '숨그르다'. '숨을 가누다'의 평안도 방언. 이것을 '수 그르고'의 오식으로 본 예가 있으나 잘못된 해석이다.
2. 발놋는 – 발 놓는.

— 101 —

千里萬里

맘니지못할만차 몸부림하며
마치千里萬里나 가고도십픈
맘이라고나 하여볼까。
한줄기솟살갓치 버든이길로
줄곳 치다라 올나가면
불붓는山의、 불붓는山의
煙氣는 한두줄기 피여올나랑。

千里萬里

* 『동아일보』(1925. 1. 1)에 실린 작품. 소월이 어느 순간에 느낀 마음속 열기를
담아서 노래한 시로 축약된 내용에 의미 맥락상의 축양과 비약에 특색 있다.

1. 버든이길로 - 뻗은 이 길로.
2. 치다라 - 치달아.
3. 불붓는 - 불 붙는.

— 102 —

生과 死

사랏대나 죽엇대나 잿든말을 가저고
사람온사라서 늙어서야 죽나니,
그러하면 그亦是 그럴듯도한일을,
何必코 내몸이라 그무엇이 어째서
오늘도 山마루에 올나서서 우느냥。

生과 死

*어세 또는 말투의 맛을 살린 시이다. 『영대』3호(1924. 10) 34면에 실린 작품.

1. 그 역시(亦是) – 그 또한.
2. 사랏대나 죽엇대나 – 살았거나 죽었거나. 그러나 이런 표준어형 대신 쓴 '–대나' 가 가락을 이루었다.
3. 그러하면 그亦是 그럴듯도한일을 – 1)의 짝으로, '그' 가 세 번 거듭나오면서 어 세가 잘 살아났다.
4. 하필(何必) – 어찌하여 꼭. '하필코' 는 '무엇 때문에' 의 뜻.

漁人

헛된줄모르고나 살면 죠와도—

오늘도 저넘에便 마을에서는

고기잡이 배한隻 길써낫다고。

昨年에도 바닷놀이 무섭엇건만。

漁人

*『개벽』3호(1924. 10) 33-34면에 실린 작품.

1. 저넘에편(便) – 저 넘어 편.
2. 무섭엇건만 – 무서웠건만.

— 104 —

귀 쑤 람 이

山바람소래。
찬비쏫는소래。
그대가 世上苦樂말하는날밤에,
순막집불도 지고 귀쑤람이 우러라

귀쑤람이

1. 찬비쏫는소래 – 찬비 떨어지는 소리.
2. 세상고락(世上苦樂) – 세상살이에서 겪는 괴로움과 즐거움.
3. 순막집 – 길손이 쉬어가는 주막집. 순막(巡幕)집.「추억(追憶)」참조. 또한 번역시인 「송원이사(送元二使)」에는 '순막쓸' 이 나온다.

— 105 —

月 色

달빗츤 밝고 귀뚜람이울째는
우둑키 서멋업시 잠고섯돈그대를
생각하는밤이어, 오오 오늘밤
그대차자다리고 서울도 가나?

月色

*이 작품은 친구로 생각되는 '그대'를 달빛과 일체화시킨 시이다.

1. 우둑키 — 우두커니.
2. 식멋업시 — 망연히, 아무 생각없이에 해당되는 평안도 방언. 「기억(記憶)」
   참조.
3. 그대차자다리고 — 그대 찾아다리고, 그대를 찾아서 데리고.

— 109 —

不運에우는그대여

不運에우는그대여、나는 아노라
무엇이 그대의 不運을 지엇는지도、
부는바람에날녀、
밀물에홀녀、
구더진그대의 가슴속도。
모다지나간 나의일이면。
다시금 쓰다시금
赤黃의泡沫은 북고여라、그대의가슴속의
暗靑의이기어、거츠른바위
치는물샤의。

不運에 우는 그대여

1. 구더진 – 굳어진.
2. 북고여라 – 기본형은 '북적고이다'로 추정되는 평안도 방언. '북적고으지마
   라'라고 하면 '떠들지 마라'가 된다
3. 暗靑(암청)의이기어 – 숭문사판에는 '暗靑의 이끼여'로 되어 있다. 어둑신하
   게 푸른 이끼여.

— 110 —

바다가 變하야 쏑나무밧된다고

봄에도三月의 져가는날에
보아라, 그대여, 서럽지안온가,
다시금 낫모르재되나니,
잇다든 온갓것은 눈에설고
그러하다, 아름답은 靑春의때의
바다가 變하야 쏑나무밧된다고.
예로부터 닐너 오며 하는말에도
저가는 옛님들은 나붓기어라.
쩌므는봄저녁에 져가는 옛님,
것잡지못할만한 나의이설음,

바다가變하야 쏑나무밧된다고

* 『개벽』22호(1922. 4) 48면에 실린 작품.

1. 것잡지못할만한 – 걷잡지 못할만한, 헤아리지 못할만한. '걷잡다' 는 거두어 바로잡다.
2. 닐너오며 – 일러오며, 말하여 오며.
3. 바다가變하야 쏑나무밧된다고 – 한자성어 청상지변(滄桑之變)에서 따온 것. 상상 밖의 변화를 뜻한다. 이 부분 다음의 소월 시는 그 문맥과 다소간 어긋나 있다.

— 111 —

붉은피갓치도 쏘다저나리는
저거저꼿닙플울, 저거저꼿닙플울

— 112 —

黃燭 불

黃燭불, 그저도 섬엇캐
스러저가는푸른窓을 기대고
소리조차업는 흰밤에,
나는혼자 거울에 얼골을 뭇고
뜻업시 생각업시 드러다보노랑.
나는 니르노니, 「우리사람들
첫날밤은 꿈속으로 보내고
죽음은 조는동안에 와서,
별죠촌일도업시 스러지고마러라」

黃燭불

* 『동아일보』(1921. 4. 9)과 『개벽』19호(1922. 1) 36면에 실린 작품.

1. 섬앗케 – 까맣게.
2. 스러지다 – 형체나 현상 따위가 차차 희미해지면서 없어지다.

— 113 —

맘에 잇는 말이라고
다할싸 보냐

하소연하며　한숨을지우며
세상을피롭어하는　사람들이어!
말을납부지안토록　죠히숨임은
다라진이세상의　버릇이라고、오오　그대들!
맘에잇는말이라고　다할싸보냐。
두세番　생각하락、爲先그것이
저부러　밋지고드러가는　장사일진뎐.
사는法이　근심은　못갈온다고、
남의섧음을　남은　몰나라。
말마락、세상、세상사람은

맘에 잇는 말이라고 다할까 보냐

1. 하소연하며 – 하소연을 하다. 「하소연한 맘」, 「자나깨나」참조. 이런 말은 소월의 스승인 김억(金億)이 많이 썼다.
2. 말을납부지안토록 죠히숨 임은 – 『論語』의 한 구절 "巧言之色 鮮矣仁 (말을 교묘하게 하고 얼굴빛을 그럴싸하게 지음은 仁이 드물다)"를 연상케 하는 부분이다.

— 114 —

세상에 죠흔이름 죠흔말로서
한사람을 속옷마자 벗긴뒤에는
그를 네길거리에 세워노하라, 쟝승도 마치한가지?
이무슴일이냐, 그날로부터,
세상사람들은 재각금 재脾胃의
그의몸갑을 매마자고 덥벼들어라c
오오그러면, 그대몸온이후에라도
하눌을 우러르라, 그저혼자, 설써나피롭거나o

3. 비위(脾胃) - 지라와 위, 「비위」는 사물에 대하여 좋고 언짢음을 느끼는 기분, 「제 비위로」는 제 감정이 시키는 대로의 뜻이다.
4. 매마쟈고 - 기본형은 '매마다'. 값을 매기다
5. 하눌을 우러르라, 그저 혼자, 설써나괴롭거나 - 『맹자(孟子)』의 "앙천부지 불괴(仰天俯地 不愧)"가 연상되는 구절이다. 이것은 유교적 교양이 소월 시에 뿌리 내렸음을 의미한다.

— 115 —

훗 길

어버이님네들어 외오는말이
『살파아들을 기르기는
훗길을보자는 心誠이로라。』
그리하다、分明히 그네들도
두어버이톰에서 생겻서라。
그러나 그무엇이냐、우리사람!
손드러 가르치든 민훗날에
그네들이 쏘다시 자라커서
한길갓치 외오는말이
『훗길을두고가자는 心誠으로
아들살을 빍도록 기르노라。』

훗길

1. 심성(心誠) - 정성껏의 뜻.
2. 훗길 - 훗결. 여기서 '결'은 현대 표준어 '한결같이'의 '결'에 해당되는 말
   이다.
3. 한길갓치 - 한결같이. 중세국어에 '훈글ㄱ티'가 있는데 서울에서는 '한결같
   이'가 되고 정주방언에서 '한길가티'가 되었다는 설이 있다. 이기문(李基
   文), 전게논문, p. 20. 해석은 1) 참조.

—116—

夫 婦

緣分의진실이　그무엇이랴?

못사는이人生에！

限平生이라도半百年

서로　어그점인들　쏘잇스랴。

情分으로얼근　선두몸이라면

저몰나라、참인지、거즛인지?

이상하고　별납은사람의맘、

아직다시그려랴、안그려랴？

밋고사름이　맛당치안이한가

하놀이　무어준짝이라고

오오　안해여、나의사랑！

夫婦

1. 무어 – '뭇다' 의 활용형. 중세국어 '뭇다' 에서 온 것이나 정주방언에서는
   '쌓아올리다' 의 뜻보다 '두 물건을 어긋매다', '두 사람의 인연을 맺어주다'
   로 많이 쓰인다. 이기문(李基文), 전게논문.
2. 별납은 – 기본형은 '별나다', '별스럽다' 에 해당되는 말.
3. 情分(정분) – 사귀어서 정이든 정도. 흔히 남녀간에 생긴 애정을 가리킨다.
4. 어그점인들 – 기본형은 '어그적시다', 멋 없이 교만하게 굴거나 함부로 으스
   대다.

나는 말하려노라, 아무러나,
죽어서도 한곳에 무치더랑

나의 집

들싸에 쩌러저 나가 안즌메쏫슭의
넓은바다의 물싸뒤에、
나는 지으리、 나의집을、
다시금 큰길을 압페다 두고。
길로지나가는 그사람들은
째각금 쩌러저서 혼자가는길。
하이한 여울학에 날운집을쩨。
나는 門싼에 섯서 기다리리
새벽새가 울며 지새는그글로
세상은 회재、 쏘는 고요하게、
변쩍이며 오는아춤부터、

나의 집

* 『개벽』20호(1922. 2) 29면에 실린 작품.

1. 들씨에 쩌려져 나가 안즌메쏫슭의 – 들가에 떨어져 나가 앉은 묏기슭의. 『소월 시초』참조.
2. 하이한 – 하이얀, 하얀.
3. 점을째 – 저물 때.

— 119 —

지나가는길손을 눈녀여보며,
그대인가고, 그대인가고.

— 120 —

새 벽

落葉이 발이숨는 못물싸에
웃둑웃둑한 나무그림자
물빗조차 어성프러히쩌오르는데,
나혼자섯노라. 아직도아직도,
東녁하눌은 어둡은가.
天人에도사랑눈물, 구름되여,
외롭은꿈의벼개, 호렷는가
나의님이어, 그러나그러나
묘히도붉으스레 물질녀와라
하눌밟고 저녁에 섯는구름.
半달은 中天에지새일쩨.

새벽

*『개벽』20호(1922. 2) 19면에 실린 작품.

1. 落葉이 발이숨는 – 뜻이 애매한 부분. 여기서 '발이숨는'은 '발을 파묻게 하는'으로 읽어야 될 것 같다.
2. 웃둑웃둑한 – 우뚝우뚝한. 높이 솟아 있는 모양.
3. 天人에도사랑눈물 – 여기 '天人'은 하늘나라에 사는 사람들인지, 어떤 특정 인인지가 분명치 않다.

— 121 —

구 름

저기저구름을 잡아라려면
붉게도 피로물든 저구름을,
밤이면 색캄한저구름을.
잡아라고 내몸은 저멀니도
그대잠든품속에 안기럿더니,
九萬里진하눌을 날나건너
애스러라, 그리는 못한대서,
그대여, 드르라 비가되여 ·
저구름이 그대한테로 나리거든,
생각하라, 밤저녁, 내눈물을.

구름

* 『신천지』9호(1923. 8) 91면에 실린 작품.

1. 날나건너 – 날아 건너.
2. 애스러라 – 애스럽다. 야속하다. 야속스럽다.

제2부

晶류하믈희

— 125 —

녀름의 달밤

서늘하고 달밝은녀름밤이어
구름조차 희미한녀름밤이어
그지업시 거룩한하늘로서는
젊음의봄은이슬 저저나려라.

幸福의맘이 도는놉픈가지외
아슬아슬 그늘닙새를
배불너 긔여도는 어린버레도
아아모든물결은福바다서랴.

버더버더 오르는가싀덩굴도

녀름의 달밤

1. 거룩한 하늘로서는 ─ 하늘에서는, 하늘로부터는.
2. 버더버더 ─ 뻗어뻗어.

— 126 —

稀微하계호르논　푸른말빗치
기름가른煙氣에　먹감울녀라。
아아　너무죠와서　잠못드려랑

우긋한풀대들은　춤을추면서
갈님들은　그윽한노래부룬쌔。
오오　내려혼드는　달빗가운데
나라나는永遠을　말로색여라。

자라는　물메이삭　벌에서　불고
마을로　銀슷드시　오눈바람은
눅잣추눈香氣를　두고가눈데
人家들은　잠드러　고요하여랑

---

3. 희미(稀微) 하게 – 기본형 희미하다의 한자식 표기.
4. 푸른말빗치 – ‘푸른 달 빗치’ 의 오식.
5. 우긋한 – 기본형은 ‘우긋하다’. 조금 욱어진듯하다.
6. 눅낫추는 – 도로 누그러지게 하다. 위로하다.

— 127 —

하로終日 일히신아기아버지
農夫들도 便安히 잠드러서라。
넹시슭의 어둑한 그늘속에선
쇠쇠랑파호의뿐 빗치픠여라。

이윽고 식새리의 우는소래는
밤이 드러가면서 더욱자즐째
나락밧가운데의 움물새에는
農女의그림자가 아직잇서라。

달빗촌 그무리며 넓은宇宙에
일허젓다나오는 푸른별이요。
식새리의 울음의넘는曲調요。
아아 집봄가득한 녀름밤이어。

---

7. 식새리 - '귀뚜라미'의 정주 방언.
8. 그무리며 - 그무리다, 그물거리다. 불빛이 밝아졌다 점점 침침해짐을 가리킨
   다.「서울의 밤」참조.

— 128 —

삼간집에　불붓는젊은목슴의
情熱에목매치는　우리靑春은
서느럼은녀름밤　님새아래의
희미한달빗속에　나붓기어랑。

한쌔의잣당만흔　우리둘이어
農村에서　지나눈녀름보다도
녀름의달밤보다　더죠흔것이
人間에　이세상에　다시잇스랴

죠고만피롭음도　내여바리고
고요한가운데서　귀기우리며
흰달의금물결에　櫓를저어라
푸른밤의하눌로　목을노하랑。

---

9. 어스러한 – 어스러하다. 밝지 못하고 조금 어둑하다.

10. 櫓 – 노. 물을 헤쳐 배를 나아가게하는 기구. 나무로 만들었고, 납작함.

아아 讚揚하여라 죠흔한째름

흘너가는목숨을 만흔幸福을。

녀름의어스러 한달밤속에서

꿈갓튼 즐겁음의눈물 흘너라。

오 는 봄

봄날이 오리라고 생각하면서
쓸쓸한 긴 겨울을 지나보내랑
오늘보니 白楊의 버든 가지에
前에업시 흰새가 안자우러랑

그러나 눈이싸힌 두던밋해는
그늘이냐 안개냐 아즈랑이냥
마을들은 곳곳이 움직임업시
저便하눌아래서 平和롭건만。

새들게 짓거리는 새치의무리。

오늘 봄

* 『개벽』23호(1922. 6) 에 실린 작품.

1. 버든 – 뻗은.
2. 두던 – 언덕, 둔덕의 방언.
3. 새들게 – 새도록. 김재홍(金載弘), 『시어사전』 참조.

— 131 —

바다을바라보며　우는가마귀

어듸로서　오는지　종경소래는

젊은아기　나가는 吊曲일너라。

보라　떼에길손도　머뭇거리며

지향업시　갈발이　곳을몰나라。

사뭇치는눈물은　끗터업서도

하눌을처다보는　살음의깁븜。

저마다　외롬음의깁픈근심이

오도가도못하는　망상거림에

오늘은　사람마다　님을어이고

곳을　잡지못하는　서름일너라。

오기를기다리는　봄의소래는

---

4. 조곡(吊曲) - 조상을 위해 부르는 노래, 또는 가락, 음악.
5. 갈발이 - 갈 발이. 옮겨갈 발이.
6. 망상거림 - 망설임.
7. 어이고 - '여이고'의 오식. 『개벽』분 참조.

째로 여윈손옷을 율닐지라도
수풀밋태 서리운머리셜들은
기름거름 피로히 발에감겨랑

---

8. 서리운머리셜들은 - 길게 휘늘어진 머리카락은.

— 133 —

물 마 름

주으틴새무리는　마론나무의
해지는가지에서　재갈이돈째。
온종일　호르든물　그도困하여
놀지는골짝이에　목이메돈째。

그누가　아랏스랴　한쏙구름도
건녀서　호듀이는　외롭은嶺을
숨차새　올나서는　여윈길손이
달고쓴맛이라면　다격근줄을。

그곳이　어되드냐　南怡將軍이

물마름

* 『조선문단』7호(1925. 4) 46-48면에 실린 작품.

1. 마론나무 – 마른나무
2. 재갈이든 때 – 지저귀는 때.
3. 놀지는 – 노을지는.
4. 다격근줄을 – 다 겪은 줄을, 모두 겪은 줄을.
5. 남이장군(南怡將軍) – 남이(1441-1468). 17세로 무과에 장원급제. 세조의 지극한 사랑을 받고 이시애난 평정에 큰 공을 세웠으나 유자광(柳子光)의 무고로 주살됨.

— 134 —

말먹여 물쎄엇든 푸른江물이

지금에 다시흘너 쑥을넘치는

千百里豆滿江이 예서 百十里.

茂山의큰고개가 예가아니냐

누구나 네로부러 義를위하야

싸호다 못이기면 몸을숨겨서

한쌔의못난이가 되는 법이랑.

그누가 생각하랴 三百年來에

참아 밧지다못할 恨과侮辱을

못니겨 갈을잡고 니러섯다가

人力의다함에서 스러진줄을.

---

4. 물쎄엇든 – '쎄다'는 '괴엇던 물이 새어서 줄다'의 뜻.

5. 모욕(侮辱) – 깔보아 욕되게 하는것.

— 135 —

부러 진대쪽으로　할을메우고
녹슬은호믜쇠로　칼을별너서
茶毒된三千里에　북을울니며
正義의旗를들든　그사람이어。

그누가　記憶하랴　茶北洞에서
피물든　옷을닙고　웨치든일을
定州城하로밤의　지는달빗해
애끈친그가슴이　숫기된줄을。

물우의　쓴마름에　아츰이슬을
불붓는山마루에　피엿든꽃츨
지금에　우러도며　나는　우노라
일우며　못일움에　簿한이름을。

---

6. 별너서 - 기본형은 '벼리다'. 날이 무딘 연장을 날카롭게 만들다.
7. 茶毒된 - 섬약해진, 문약해진, 일락을 일삼은 나머지 '마음이 꿋꿋하지 못한'의 뜻.
   茶北洞 - 홍경래가 기병한 다복동(多福洞)의 별칭.
8. 숫기된 - 숯덩이 같이 불기가 사그러들다의 형용.
9. 부(簿)한 이름 - 장부에 적힌 이름.

몽

공

비

범

— 139 —

우 리 집

이바루
의쌔로 와 지나는사람업스니
「밤자고 가쟈」하며 나는 안저라.

저멀니 하느便에
배는 써나나가는
노래들니며

눈물은
흘너나려라
스로로 나려갑는눈에.

─────────────

우리 집

*인생의 덧없음을 타관에 떠도는 나그네 심정에 기탁하여 읊은 노래. 소월 특
 유의 가락이 인상적인 시다.

1. 이바루 ─ 이 바로.
2. 하느便에 ─ 하늬 편, 서쪽 편.

— 140 —

꿈에도생시에도 눈에 선한우리집

또 저山 넘어넘어

구름은 가다。

— 141 —

들 도 리

물풋촌
피여
호여젓서랑。

물풀온
물로 한벌가득키 자라 놉팟는때、
뱀의힘버슨 묵은웃온
긴분전의바람에 날아도라랑。

저보아、 곳곳이 모든것은
번쩍이며 사라잇서랑。

들도리

1. 들도리 – 들노리, 들놀이.
2. 긴분전 – '분전'은 焚錢과 관계가 있을 듯하고, 노두의 소지(燒紙)를 짐작케 한다. 우리 민속에 뿌리를 둔 제례의식의 절차 가운데 하나일 가능성이 있다.

두나래　펼쳐셜며
소리개도　놉피쩌서라。

쩨에　이내몸
가다가　쏘다시　쉬기도하며、
숨에찬　내가슴은
긴봄으로　채와져　사뭇넘처라。

거름은　다시금　쏘며　압프로……

— 143 —

바리운 몸

몸에울고 니러나
들에
나와라。

들에는 소슬비
머구리는 우러라。
풀그늘 어둡은데

뒤집지고 썽보며 머뭇거릴째。
누가 반듸불쐬여드는 수풀속에서
「간다 잘살어라」하며, 노래불너라

바리운 몸

1. 머구리 – '개구리'의 방언. 개구리 중에서 울음소리가 크고 둔하게 나는 것을 이렇게 부르는 지방이 많다.
2. 반듸불쐬여드는 – 반딧불 꾀어드는. '반딧불이 모여 드는'으로 보는 것이 좋겠다.

— 144 —

엄 숙

나는혼자 뫼우혜 올나서랑
소사퍼지는 아츰햇벗헤
풀닙도 번쩍이며
바람은소삭여라.
그러나
아아 내몸의 傷懷바든맘이어
맘은 오히려 저푸고압픔에 고요히쩰녀라
또 다시금 나는 이한째에
사람에게잇는 엄숙을 모다늣기면서

엄숙

1. 소사퍼지는 – 솟아 퍼지는.
2. 소삭여라 – 속삭여라.
3. 저푸고 – '저푸고'의 기본형은 '저프다'. 두렵다, 무섭다의 의미를 가진다.

— 145 —

바라건대는 우리에게우리의 보섭대일쌍이 잇섯더면

나는 꿈우엿노라, 동무들파내가 가즈란히
벌쎠의하로일을 다맛추고
夕陽에 마을로 도라오는꿈을,
즐거히, 꿈가운데.

그러나 집일흔 내몸이어,
바라건대는 우리에게 우리의보섭대일쌍이 잇섯더면~
이처럼 쪄도르랴, 아츰에점을손에
새라새롭은歎息을 어드면서.

바라건대는 우리에게우리의 보섭대일쌍이 잇섯더면

1. 보섭 – '보습' 의 방언. 쟁기의 부분으로 땅을 갈아 흙덩이를 일으키는 데 쓰이는 삽 모양의 쇳조각.
2. 쪄도르랴 – 떠도랴.
3. 점을손에 – 점을 역에, 곧 저녁 때에.
4. 탄식(歎息) –한탄하며 한숨을 쉼. 또는 그 한숨.

— 146 —

東이랴, 南北이랴,
내 몸은 쎄가나니, 불지어다.
希望의 반짝임은, 별빛치 아득임은.
물결뿐 떠올나라, 기슴에 팔다리에.

그러나 엇지면 황송한이 心情을! 날로 나날이 내압페는
자츳가느른길이 너어가라。나는 나아가리라
한거름, 쏘한거름。보이는山비탈엔
온새벽 동무를 저저혼자……山耕을긴매이는

5. 자츳 가느른 길이 - 자칫 가느다란 길이.
6. 산경(山耕) - 산을 일구어 만든 뙈기밭.

— 147 —

밧고랑우헤서

우리두사람은
키놉피가득자란 보리밧, 밧고랑우헤 안자서랑
일을畢하고 쉬이는동안의깃븜이어。
지금 두사람의니야기에는 꼿치필쎄。

오오 빗나는太陽은 나려쪼이며
새무리들도 즐겁은노래, 노래불너라。
오오 恩惠여, 사라잇는몸에는 넘치는恩惠여,
모든은근스럽음이 우리의맘속을 차지하여라。

半界의모든 어듸? 慈愛의하눌은 넓게도덥혓는데,

밧고랑우헤서

* 『영대』3호(1924. 10) 32-33면에 실린 작품. 이례적이라고 할 정도로 素月의 작품 가운데서 건강한 색조를 띤 시이다. '일을 畢(필)하고' 는 '마치고'로 하는 것이 더 자연스러웠을 것이다. 이 작품을 토지에 대한 애착으로 읽고 국토 사랑→항일저항시로 해석한 예가 있다. 일종의 소재주의로 난점을 지닌 견해이다.

1. 畢(필)하고 - 마치고.
2. 은근스럽음 - 은근스러움. '야단스럽지 아니하고 꾸준함'의 의미

— 148 —

우리두사람은 일하며, 사라잇섯서、

하눌과太陽을 바라보아라、날마다날마다도、

새라새롭은歡喜를 지어내며、늘 갓든성우해서

다시한番 活氣잇게 웃고나서、우리두사람은

바람에일니우는 보리밧속으로

호믜들고 드러갓서라、가즈란히가즈란히、

거러나아가는깃붐이어、오오 生命의向上이어。

3. 새라새롭은 - 새롭고 새로운
4. 일니우는 - 일렁이는. 움직이는.

— 149 —

저 녁 째

마소의무리와 사람들은 도라들고, 寂寂히 빈들에,
엉머구리 소래 욱어저라.
푸른하늘은 더욱낫추, 먼山비탈길 어둔데
웃둑웃둑한 드놉픈나무, 잡새도 깃드러라.

볼사록 넓은벌의
물빗츨 물스럼히 드려다보며
고개숙우리고 박욱도시 홀로섯서
진한숨을 짓느냐.왜 이다지!

온젓을 아주니젓서라, 깁흔밤 여서함째

저녁 째

*『개벽』통권 55호(1925. 1) 29면에 실린 작품.

1. 적적(寂寂)히 빈들에 – 쓸쓰한 빈들에.
2. 엉머구리 – 개구리의 일종. 몸이 크고 누런 빛이며 등에 검고 누른 점이 있다.

— 150 —

몸이 생각에 가뷔엽고, 맘이 떠높피 써오를쌔

문득, 멀지안은갈숩새로

별빗치 솟구어라.

---

3. 솟구어라 – 기본형은 '솟구다', '솟아오르다' 또는 그 강조형의 말.「봄못」
   참조.

— 151 —

合 掌

라들이。단두몸이라。밤빗촌 배여와라。

아, 이거봐, 우거진나무아래로 달드러랑

우리는 말하며거릿서라、바람은 부는대로。

픽도갓가힌、물밧혜서 이슬이번쩍여라。

고히밝은그림자 아득이고

燈불빗헷 거리는해적여라、稀微한하느便에

밤은 막깁퍼、四方은 고요한데、

이마즉、말도안하고、더안가고、

길까에 우둑허니。눈감고 마주섯서。

合掌

1. 라들이 – 나들이. 가까운 곳에 밤시 나가는 일. 두음 법칙을 지키지 않은 평안도식 표기.
2. 해적여랴 – 해적이다. 해작이다. 조금씩 들추어 헤치는 모양. 「꿈」, 「개여울」참조.
3. 하느 편(便) – 서편, 서쪽. 「바리운 몸」참조.
4. 이마즉 – 얼마되지 않는 앞서부터 현대까지.

— 152 —

먼먼山。 山멀의멀鍾소래。 달빗츤　지새여랑

---

5. 山멀의멀鍾소래 ─ 산사(山寺)의 종(鍾)소리.

— 153 —

默念

이슥한밤、밤기운 서늘할제

홀로 窓턱에거러 안자、두다리 느리우고、

첫머구리소래를 드러라。

애처룹재도、 그대는먼첨 혼자서잠드누나。

내몸은 생각에잠잠할때。 회미한수풀로서

村家의厄맥이祭지나는 불빗촌 새여오며、

이욱고、 비난수도머구소리와함께 자자저라。

가득키차오는 내心靈은……하눌과짱사이에。

나는 무섭히 니러거러 그대의잠든몸우해 기대여라

默念

1. 첫머구리소래 - 머구리 소리. 개구리 소리.
2. 액(厄)맥이제(祭) - 앞으로 닥아올 액을 미리 막기 위해 올리는 제.
3. 비난수 - 정주지방 방언. 무당이나 소경이 귀신에게 비는 것을 '비난수' 라고 한다. 일반인도 서낭당, 국사당에서 비난수를 한다. 이기문(李基文), 전게논문, p. 12. 「비난수하는맘」참조.
4. 자자저라 - 사그러들어라.

— 154 —

움직임 다시업시、萬籟는 俱寂한때、

熙耀히 나려빗추는 별빗들이

내몸을 잇그러라、無限히 더갓갑게。

---

5. 만뢰(萬籟) - 자연의 여러 물상이 내는 온갖 소리.
6. 구적(俱寂) - 모두 소리가 없음.
7. 희요(熙耀)히 - 아주 빛나게.

難

川

— 157 —

悅樂

어둠깨깁재 목메인하눌.
쑴의품속으로서 구러나오는
애달피잠안오는 幽靈의눈결.
그림자검은 개버드나무에
쏘다쳐나리는 비의줄기는
훌늣겨빗기는 呪文의소리.

식검은머리채 푸러헷치고
아우성하면서 가시는싸님.
헐버슨버레돌은 쑴르릴째,
黑血의바다. 枯木洞屈.

悅樂

*『개벽』24호(1922. 6) 39면에 실린 작품.

1. 열락(悅樂) - 기쁨. 즐거움.
2. 유령(幽靈) - 죽은 사람의 혼령.
3. 흘늣겨 - 흐느껴.
4. 주문(呪文) - 주술가 술법을 쓰기 위해 외는 말이나 글귀.
5. 흑혈(黑血) - 검은 빛이도는 피.
6. 고목동굴(枯木洞屈) - 洞屈의 屈은 窟의 오식. 오래되어 잎이 떨어진 나무의 빈 굴.

— **158** —

啄木鳥의
쪼아리는소리、 쪼아리는소리。

---

7. 쪼아리는 – 쪼는, 뾰족한 끝으로 치는.

— 159 —

무 덤

그 누가 나를헤내는 부르는소리
붉으스럼한언덕, 여긔저긔
풀무덕이도 음즉이며, 달빗해,
소리만남은노래 서러워엉겨라,
옛祖上들의記錄을 무더둔그곳!
나는 두루찻노라, 그곳에서,
형적업는노래 흘녀퍼저,
그림자가득한언덕으로 여긔저긔,
그누구가 나를헤내는 부르는소리
부르는소리, 부르는소리,
내넉슬 잡아끄러헤내는 부르는소리.

무덤

1. 헤내는 – 헤어내는. 헤치고 벗어나게 하는.
2. 형적 – 형적(形迹). 사물의 형상과 자취를 이르는 말. 흔적과 비슷한 말.

비난수하는맘

합세하려노라, 비난수하는나의맘,
모든것을 한집에묵거가지고가기써지고,
아츰이면 이슬마즌 바위의붉은줄로,
긔여오르는해를 바라다보며, 입을버리고。

쩌도러라, 비난수하는맘이어, 갈메기가치,
다만 무덤뿐이 그늘을얼는이는 하눌우흘,
바다싸의。일허바틴세상의 잇다든모든것을
차라리 내몸이죽어가서업서진것만도 못하전만。

쏘는 비난수하는나의맘, 헐버슨山우해서,
쩌러진넘 라서오르는、낸내의한줄기로,

비난수하는 맘

1. 비난수 – 정주지방 방언. 무당이나 소경이 귀신에게 비는 것. 「묵념(默念)」
   참조.
2. 얼는이는 – 어른대는. 기본형 '어른대다' 는 큰 무늬나 희미한 그림자 따위가
   물결 지어 자꾸 움직이는 것을 의미한다.
3. 낸내 – 냇내, 연기.

— 161 —

바람에 나붓기라 저녁은, 흐려진 거믜줄의
밤에 매든 이슬은 곳 다시 써러진다고 할지라도
합세하려 하노라、 오오 비난수하는 나의맘이어、
잇다가 업서지는 세상에는
오직 날과날이 닭소래와 함께 다라나 바리며、
갓가웁는、 오오 갓가웁는 그대 뿐이 내게 잇거라!

찬 저 녁

퍼르스렷한달은, 성황당의
데군데 군허러진 담모도리에
우둑키 걸니웟고, 바위우의
가마귀한쌍, 바람에 나래를펴랑.

엉긔한무덤들은 물먹거리며,
눈녹아 黃土드러난 멧기슭의,
여긔라, 거리불빗도 쩌러저나와,
집짓고 드럿노라, 오오 가슴이어

세상은 무덤보다도 다시멀고

찬 저녁

1. 모도리 – '모서리'의 평북지방 방언.

— 163 —

눈물은 물보다 더덥음이 업서랑.
오오 가슴이어, 모닥불피여오르는
내한세상, 마당싸의가을도 갓서라.

그러나 나는, 오히려 나는
소래를드리라, 눈석이물이 씨어리는,
짱우헤누엇서, 밤마다 누어,
담모도리에 걸닌달을 내가 쏘봄으로.

2. 눈석이 물 – '눈석임물' 의 평안도 지방 방언. '눈석임물' 은 쌓인 눈이 속으
로 녹아서 흐르는 물을 의미한다.

— **164** —

招魂

산산히 부서진이름이어!
虛空中에 헤여진이름이어!
불너도 主人업는이름이어!
부르다가 내가 죽을이름이어!

心中에남아잇는 말한마되는
끗끗내 마자하지 못하엿구나.
사랑하든 그사람이어!
사랑하든 그사람이어!

붉은해는 西山마루에 걸니웠다.

招魂

*素月의 시 가운데서 드물게 고조된 호흡을 느끼게 하는 작품. 여기서 부름의
대상이 되어 있는 것은 '그대'이다. 그런데 '그'는 사적인 차원을 넘어 '나
라' 또는 '겨레'의 심상을 가진다. 그리하여 이 작품은 주권 상실의 한을 높
은 목소리로 읊조린 애국시, 민족 저항시라는 해석을 가능하게 한다. 이책 권
말 부록 참조.

1. 허공중(虛空中) – 빈공중. 텅빈 하늘을 뜻한다.
2. 마자하지 – 마저 하지. '마저'는 '남김없이 모두'를 의미한다.

사슴이의무리도 슬피운다.
쩌러저나가안즌 山우헤서
나는 그대의이름을 부르노라.

서름에겹도록 부르노라.
서름에겹도록 부르노라.
부르는소리는 빗겨가지만
하눌과쌍사이가 넘우넓구나.

선채로 이자리에 돌이되여도
부르다가 내가 죽을이름이어!
사랑하든 그사람이어!
사랑하든 그사람이어!

---

3. 쩌러저나가안즌 — 떨어져나가 앉은.

.

— 169 —

旅愁

六月어스름째의 빗줄기는
暗黃色의屍骨을 묵거세운듯,
쓰며 흐르며 잠기는손의 널쪽은
支向도 업서라, 丹靑의紅門!

旅愁 I

1. 암황색(暗黃色) – 어두운기가 섞인 누른 빛.
2. 시골(屍骨) – 시체의 뼈. 죽은 살이 빠지고 뼈만 남은 시체.
3. 묵거 – 묶어.
4. 널쯕은 – 미상. 쯕→쪽의 오식으로 보면 이 부분은 '널쪽', '널짝'으로 읽힐 수 있다. 이 작품이 정처없이 떠도는 화자를 시체에 비유한 점으로 보아 그 고적한 주검을 은유 형태가 되게 쓴 것으로 추정된다. 소월의 시 가운데서도 특히 유랑, 낙탁의 심경이 처절하게 노래된 것.
5. 지향(支向) – 지향(指向)의 오식. 정해지거나 작정한 방향으로 나가는 것.
6. 단청(丹靑)의 홍문(紅門) – 단청을 한 홍문. 홍문은 충신, 효자를 기념하기 위해 나라에서 내린 정문(旌門)을 가리키거나 종교, 특 무속신앙의 사당을 뜻한다.

— 170 —

二

저 오늘도 그립은바다,
건너다보자니 눈물겨워라!
조고마한보드랍은 그옛적心情의
분결갓든 그대의손의
사시나무보다도 더한압픔이
내몸을에워싸고 휘셜며썰녀라,
나서자란故鄉의 해돗는바다요。

旅愁 II

1. 분결갓든 - 분결같던.
2. 사시나무 - 버드나뭇과에 속하는 낙엽 활엽 교목, 무속신앙에서 주술의 도구
   로 자주 쓰인다.
3. 휘셜며 - 매우 심하게 떨며. '휘'는 일부 동사 앞에 붙어 '마구' 또는 '매우
   심하게'의 뜻을 더하는 접두사로 쓰인다.

遠也君匹

— 173 —

개여울의 노래

그대가 바람으로 생겨낫스면!
닭닷는 개여울의 빈들속에서
내옷의 압자락을 불기나하지.

우리가 굼벙이로 생겨낫스면!
비오는 저녁 캄캄한 녕기슭의
미욱한 꿈이나 쑤어를보지.

만일에 그대가 바다난 옷의
벼랑에 돌로나 생겨낫드면,
풀이 안고굴며 써러나지지.

개여울의 노래

* 의미구조를 다소 후퇴시키고 가슴에 담은 정념을 소월 특유의 가락에 실은 작
품. 우리나라 근대 애정시의 한 표준이 되는 시이다.
1. 굼벙이 – 굼벵이.
2. 미욱한 – 하는 짓이나 됨됨이가 매우 어리석고 미련하다.

— 174 —

만일에 나의몸이 불鬼神이면

그대의가슴속을 밤도아 태와

둘이합세 재되여스러지지。

— 175 —

길

어제도하로밤
나그네집에
가마귀 가왁가왁 울며새엿소.

오늘은
또멧十里
어듸로 갈싸。

山으로 올나갈싸
들로 갈싸
오라는곳이업서 나는 못가오。

길

*『문명』1호(1925. 12) 48면에 실린 작품.

1. 가왁 가왁 – 까마귀의 울음소리. 흔히 '까악 까악'으로 되는 것을 이렇게 표
   현하여 독특한 음성효과를 냈다.

말마소 내집도
定州郭山
車가고 뱨가는곳이라오°

여보소 공중에
저기러기
공중앤 길잇섯서 잘가는가?

여보소 공중에
저기러기
열十字복판에 내가 섯소

갈내갈내 갈닌길

---

2. 공중에 / 저 기러기 / 열十字 복판에 내가 섰소. — 공중에 날아가는 기러기와 화자인 「나」를 일체화 시킨 표현. 공중을 날아가는 기러기 떼가 열십자를 만들기는 한다. 그러나 그 가운데 「내」가 설수는 없다. 그럼에도 「내가 섰소」가 된 것은 떠도는 「나」를 날아가는 기러기 떼에 대입시킨 것이다.

— 177 —

길이라도

내게 바이갈길은 하나업소

---

3. 내게 바이갈길은 하나없소 — 진술형태로는 '내가 갈길은 바이 없오'로 되어
   야 할 부분이다. 그러나 이렇게 한 것은 음성구조를 살리기 위한 배려의 결과
   로 그 나름의 효과를 올린 것이다.

— 178 —

개 여 울

당신은 무슨일로
그리합니싸?
홀로히 개여울에 주저안자서

파릇한풀포기가
도다나오고
잔물은 봄바람에 헤적일쌔에

가도 아주가지는
안노라시든
그러한約束이 잇섯겟지요

개여울

* 『개벽』25호(1922. 7) 147-148면에 실린 작품.

1. 개여울 – 개로 흘러 드는 여울.
2. 헤적일쌔에 – 헤적이다, 헤작이다. 들추어 헤치는 모양. 「꼿」, 「合掌」참조.

— 179 —

날마다 개여울에
나와안자서
하염업시 무엇을생각합니다

가도 아주가지는
안노라심은
구지닛지말라는 부탁인지요

---

3. 안노라심은 - 아니 한다고 하심은.
4. 구지 닛지 말라는 - 굳이 잊지 말라는.

— 180 —

가 는 길

그립다
말을할까
하니 그리워

그냥 갈까
그래도
다시 더한番……

저山에도 가마귀, 들에 가마귀,
西山에는 해진다고
지저귑니다。

가는 길

* 『개벽』40호(1923. 10) 141면에 실린 작품. 음성구조에 기능적인 素月 시 가운데도 가장 그 특성이 잘 드러나는 시이다. 1·2연의 3음절 명사어의 종결과 제3연의 다소 유화된 말씨, 그리고 그에 이은 제4연의 호응과 종결이 매우 인상적이다.

1. 그립다 / 말을 할까 / 하니 그리워 다음 세 줄과 함께 동의어와 유사어를 반복하고 행을 바꿈으로써 음성구조의 묘미를 살렸다. 1920년대 한국 서정시의 수준을 제고시킨 작품이다.
2. 서산(西山) - 이 부분의 첫째자가 원전에서 오식으로 되어있다.

— 181 —

압江물, 롓江물,
흐르는물은
어서 싸라오라고 싸라가쟈고
흘너도 넌다라 흐릅듸다려。

---

3. 넌다라 — 연달아. 잇다라.

往十里

비가 온다
오누나
오는비는
올지라도 한닷새 왓스면죠치。

여드래 스무날엔
온다고 하고
초하로 朔望이면 간다고햇지
가도가도 往十里 비가오네。

웬걸、저새야

往十里

*『신천지』9호(1923. 8) 93면에 실린 작품. 첫 연은 경쾌한 말투로 시작했다. 이 작품이 갖게 될 경박성을 2연이 보강 내지 극복하고 있다. 즉 '초하로', '朔望' 등 제례 용어를 이끌어 들여 신비스러운 느낌을 갖게 한 것이다. 3연에서 '새'를 그리고, 4연에서 '天安삼거리 실버들'을 이끌어 들였다. 그것으로 이 작품의 단순성이 지양되어 서정단곡인 가운데 의미의 층도 지니게 되었다.

1. 삭망(朔望) - 음력 초하룻날과 보름날을 아울러 이르는 말.

— 183 —

울녀거든

往十里건너가서 울어나다고,

비마자 나른해서 벌새가 운다.

天安에삼거리 실버들도

촉촉히저젓서 느러젓다데.

비가와도 한닷새 왓스면죠치.

구름도 山마루에 걸녀서 운다.

---

2. 벌새 - 벌샛과의 새를 통틀어 이르는 말로, 새 가운데 가장 작은 새이다.

— 184 —

鴛鴦枕

바드득 니룰갈고
죽어불써요
窓써에 아롱아롱
달이 빗췬다

눈물은 새우잠의
팔굽벼개요
봄썽은 잠이업서
밤에 와 운다。

두동달이벼개는

鴛鴦枕

1. 원당침(鴛鴦枕) – 부부가 함께 베는 베개. 베갯모에 원앙을 수놓은 베게.
2. 아롱아롱 – 아롱거리는 모양. 모양 빛깔이 눈 앞에 떠오르고 사라지는 상태를 가리킨다. 달빛을 표현한 것으로 적절하지 않다. 그럼에도 소월은 이런 말을 다음 부분에 잇게 하여 그 나름의 음성효과를 얻게 했다.
3. 두동달이베개 – 두 사람이 벨 수 있게 만든 베개. 두동베개.

— 185 —

어되갓는고
언제는　둘이자든　변개머리에
「죽자　사자」언약도　하여보앗정。

봄메의　멧기슭에
우는접동도
내사랑　내사랑
죠히울것다。

두동달이　벼개는
어되갓는고
窓셔에　아롱아롱
달이　빗춘다。

---

4. 변개머리 – '베개머리'의 오식. 숭문사(崇文社) 판에는 '벼개머리에'로 되어 있다.

— 186 —

無心

싀집와서 三年
오는봄은
거츤벌난벌에 왓습니다

거츤벌난벌에 피는꼿츤
졋다가도 피노라 니름되다
소식업시 기다린
이태三年

바로가든 압江이 간봄부터
구븨도라 휘도라 흐른다고

無心

* 『신여성』18호(1925. 1. 98면에 실린 작품).

1. 거츤벌난벌 – 거친 벌 난벌. '난벌' 은 앞이 트인 벌판.
2. 이태삼년(三年) - 두 해 세 해. 2년 3년.

그러나 말마소, 압여울의
물빗춘 여대로 푸르럿소

서집와서 三年
어느쌔나
러진개 개여울의여울물은
거츤벌난벌에 홋넛습니다。

---

3. 난벌 – 앞이 탁 트인 벌판. 집이나 산에서 멀어 사방시야가 넓은 들.

— 188 —

山

山새도 오리나무
우헤서 운다
山새는 왜우노, 시메山골
嶺넘어 갈나고 그래서 울쟝

눈은나리녜, 와서덥피녜。
오늘도 하룻길
七八十里
도라섯서 六十里는 가기도햇소。

不歸、不歸、다시不歸、

山

* 『개벽』40호(1923. 10) 142면에 실린 작품. 의미 맥락에서 비약을 주조로 한
가운데 동의어, 유사어를 교차 사용해서 음성구조를 크게 살렸다. 소월시 가
운데 대표작의 하나.

1. 시메 山골 – 두메 산골.
2. 불귀(不歸) – 하나만 쓰면 돌아가지 않음 또는 영원이 사라짐, 곧 주검의 뜻
   이다. 그러나 여기서는 같은 말이 되풀이 되었기 때문에 오히려 강한 미련,
   귀향심을 뜻하게 되었다. 소월다운 말솜씨다.

— 189 —

三水甲山에　다시不歸。
사나희속이다　니즈련만、
十五年정분을　못닛겟네

산에는　오는눈、들에는　녹는눈
山새도　오리나무
우헤서　운다。
三水甲山가는길은　고개의길。

— 190 —

진달내꼿

나보기가 역겨워
가실째에는
말업시 고히 보내드리우리다

寧邊에 藥山
진달내꼿
아름따다 가실길에 쑤리우리다

가시는거름거름
노힌그꼿츨
삽분히 즈려밟고 가시웁소서

진달내꼿

* 『개벽』25호(1922. 7) 146-147면과 『잃어버린 진주(眞珠)』(1924. 8)의 「서문 대신(序文代身)에」에 실린 작품. 소월의 애정시를 대표하는 것으로 그의 시집 표제어가 되기도 했다.

1. 영변(寧邊)에 약산(藥山) - '寧邊에'는 '寧邊의'의 잘못이다.
2. 아름싸다 - '아름'은 '한아름', '두아름'으로 쓰이는 말로 두 팔을 벌려서 안을 수 있는 부피를 뜻한다.
3. 즈려밟고 - 즈레 밟고, 지레밟고. 이것은 발밑에 있는 것을 힘주어 밟는 것을 뜻한다(李基文, 전게논문, p. 16). 앞의 '삽분히'와 의미 맥락상 모순이 생긴다.

나보기가　역겨워
가실째에는
죽어도아니　눈물흘니우리다

---

4. 죽어도아니 눈물흘니우리다 – 일상어 대로라면 '죽어도 아니눈물 흘니우리
　다' 는 반어다.

— 192 —

朔州龜城

물도사흘 배사흘
먼三千里

더더구나 거러넘는 먼三千里

朔州龜城은 山을넘은六千里요

물마자 한색히저즌 재비도

가다가 비에걸녀 오노랍니다

저녁에는 놉픈山

람에 놉픈山

朔州龜城은 山넘어

朔州龜城

* 『개벽』40호(1923. 10) 에 실린 작품.

1. 물로 사흘 / 배사흘 / 먼 삼천리 – 다음에 나오는 삭주구성과 화자의 거리를 말한다. 실제 그곳은 서울에서 천리 길이다. 따라서 3000리나 다음에 나오는 6000리는 지나친 표현이다. 그러나 이 시의 화자는 당시 절대 고독을 맛보는 처지여서 마음속으로는 삭주구성이 그렇게 인총의 거리에서 먼 자리에 있는 것으로 느꼈다. 이것은 좋은 시에서 과정이 어떻게 현실화 될 수 있는가를 알리는 좋은 보기이다.
2. 삭주구성(朔州龜城) – 평안북도의 고을인 삭주군과 구성군을 가리킨다. 이 가운데 구성은 김소월이 태어난 곳이며, 한때 그가 동아일보 지국을 경영한 고을이기도 하다. 여기서는 이 곳을 아득히 먼 변경으로 노래했다.

— 193 —

먼六千里
각금각금 꿈에는 四五千里
가다오다 도라오는길이겟지요

서로 써난몸이길내 몸이그리워
님을 둔곳이길내 곳이그리워
못보앗소 새들도 집이그리워
南北으로 오며가며 안이합되까

들끗혜 나버가는 나는구름은
밤뜸은 어듸 바로 가잇슬랜고
朔州龜城은 山넘어
먼六千里

---

3. 각금각금 - 가끔가끔. 이따금씩. 여러 번 가끔.

— 194 —

널

城村의 아가씨들
널뛰노나
초파일 날이라고
널을쮜지요

바람부러요
바람어 분다고!
담안에는 垂楊의버드나무
彩色줄 層層그네 매지를마라요

담밧게는 垂楊의 느러진가지

널

1. 초파일 – 4월 초파일. 부처님 오신 날을 가리킨다. 서북쪽에는 일찍 기독교가 퍼진 고장이다. 그러나 소월이 이 작품을 쓴 20년대 전반기에는 아직도 이와 같이 불교에 바탕을 둔 민속행사가 널리 이루어진 것을 알 수 있다.
2. 채색(彩色)줄 층층(層層)그네 – 그네 줄에 채색 비단을 입히고 그네 신을 복수로 만들어 두 사람 이상이 탈 수 있게 만든 것. 매우 화사한 그네였음이 드러난다.

— 195 —

느러진가지는
오오 누나!
휘젓이 느러저서 그늘이깁소。

죠타 봄날은
몸에겹지
널쮜는 城村의아가씨네들
널은 사랑의 버릇이라오

---

3. 죠타 봄날은 / 몸에 겹지 – '몸에 겹다'만 떼면 몸이 감당하지 못할 정도로 힘겨운 것을 뜻한다. 그러나 '죠타 봄날'이 앞에 있어서 매우 기쁘고 즐거운 경우를 나타낸다.

— 196 —

春香과 李道令

平壤에 大同江은
우리나라에
곱기도 엇듬가는 가람이지요

三千里가다가다 한가운데는
웃독한 三角山이
숫기도햇쇼

그래 울쇼 내누님, 오오 누이님
우리나라섬기든 한옛적에는
春香과 李道令도 사랏다지요

春香과 李道令

* 제목은 「春香과 李道令」이다. 그러나 내용은 그것을 소재로 하여 민족, 국토에 대한 사랑의 감정을 실은 것이다. 첫 연의 무대는 소월의 출신지역인 서북지방이다. 이어 2연에는 우리 민족의 역사 · 전통을 상징하는 서울 삼각산이 등장한다. 그리고 3연에서 '우리나라섬기든 한옛적'이라고 하여 식민지 체제에 함몰한 우리 겨레의 상황을 간접적으로 한탄하고 있다. 4연의 '오작교'나 5연의 '남원 땅', '成春香'은 이것으로 단순한 고대소설 배경이나 주인공 이상의 것이 되어 이 작품만의 객체가 되었다.

1. 엇듬가는 가람이지요 – 으뜸가는 가람이지요. 강이지요.

— 197 —

이便에는咸陽、저便에潭陽、
꿈에는 가끔가끔 山을넘어
烏鵲橋차차차자 가기도햇소

그래 올소 누이니 오오 내누님
해돗고 달도다 南原땅에는
成春香아가씨가 사랏다지요

---

2. 누이니 – 원형을 그대로 두면 '올소 누이니'가 한 의미 단위일 수 있고, 그것
  이 다시 '오오 내누님'과 이어져 독특한 의미구조와 가락을 자아낸다.

— 198 —

접 동 새

접동
접동
아우래비접동

津頭江가람까에　살든누나는
津頭江압마을에
와서웁니다

옛날, 우리나라
먼뒤쪽의
津頭江가람까에　살든누나는

접동새

* 『배재』2호(1923. 3) 115면에 실린 작품. 이 작품은 소월의 시를 대표하는 것 가운데 하나다. 특히 ‘접동/접동’으로 시작하는 울림과 3연부터 등장하는 우리 전설, 민담의 분위기가 조화를 이루어 민요조 서정시의 압권이 되었다.

1. 아우래비 – 아홉 오빠. 아홉 오래비의 유포니형. 이것을 『소월시초』는 ‘아 우 래비’식 감탄사–선행형으로 분철했다. 이기문(李基文)교수가 전게논문에서 그 부당함을 지적한 바 있다.

— 199 —

이붓어머시샘에 죽엇습니다

누나라고 불너보랴
오오 불설워
시새움에 몸이죽은 우리누나는
죽어서 접동새가 되엿습니다

아웁이나 남아되든 오랩동생을
죽어서도 못니저 참아못니저
夜三更 남다자는 밤이깁프면
이山 저山 올마가며 슬피웁니다

― 200 ―

집 생 각

山에나 울나섯서
바다를 보라
四面에 百열里, 滄波중에
客船만 중중……써나간다。
名山大刹이 그 어듸메냐
香案、香榻、대그릇에、
夕陽이 山머리넘어가고
四面에 百열里, 물소래라

「젊어서 꽃가슴은 오늘날로

집생각

1. 白열里(백열리) ― 일상적인 어법이라면 꼭 백열리, 곧 110리라고 하지 않고 백여리라고 해도 좋았을 것이다. 그렇게 하지 않은 까닭은 이것으로 음성효과와 함께 구체성이 확보될 수 있었기 때문이다
2. 객선(客船)만 중중 ― '객선만 겹겹이 떠있다'의 표현. 숭문사판의 '객선만 둥둥'은 따라서 잘못임.
3. 향안, 향탑(香案, 香榻) ― 향탁(香卓), 향상(香床)으로도 쓰인다. 제사 때 향료나 향합을 올려놓는 상이나 탁자

— 201 —

錦衣로　還故鄕하옵소사ㄴ
客船만　숭숭……떠나간다
四面에　百열里, 나어찌갈써
꾀토리도　山속에　색기치고
他關萬里에　와잇노라고
山중만　바라보며　목매인다
눈물이　압플가리운다고
돌에나　나려오면
치어다　보라
해님과달님이　넘나든고개
구름만　첩첩……써도라간다

---

4. 금의(錦衣)로 환고향(還故鄕) – 비단옷을 입고 고향으로 돌아 가는것. 곧 크게 이름을 떨치고 고향을 찾는것.
5. 까투리 – 꿩의 암컷.

— 202 —

山有花

山에는 꽃피네
꽃치피네
갈 봄 녀름업시
꽃치피네

山에
山에
피는꽃츤
저만치 혼자서 피여잇네

山에서우는 저은새요

山有花

* 소월 시를 대표하는 작품 가운데 하나. '저만치 혼자서 피여잇네'는 경쾌하게 만 된 이 작품의 전반부의 의미 맥락을 받아 내면화하는 역할을 하고 있다. 여기서 '저만치'는 첫째, 거리. 둘째, 정황(情況) 등으로 해석이 가능하다. 김 용직, 「素月詩와 앰비귀이티」 참조.

1. 갈 봄 녀름 업시 – 가을 봄, 여름 할 것 없이. 네 계절 중 겨울이 생략된 것은 가락을 살리기 위한 배례의 결과.
2. 산에서 사는 작은 새요 – '새여'라고 하지 않고 '새요'라고 한 것은 이 어미 로 민요시의 가락을 살리고자 한 소월 나름의 전략에 의한 것.

옮긴이 심규호

— 207 —

笑燭불 켜는밤

笑燭불켜는밤, 깁픈골방에 맛나라。

아직절머 모를몸, 그래도 그들은

『해달갓치 밝은맘, 저저마다 잇노라。』

그러나 사랑은 한두番만 안이라, 그들은모르고。

笑燭불켜는밤、어스러한窓아래 맛나라。

아직압길 모를몸, 그래도 그들은

『솔대갓치 구든맘, 저저마다 잇노라。』

그러나 세상은、눈물날일 만하라、그들은모르고。

笑燭불 켜는밤

* 『영대』5호(1925. 1) 61면에 실린 작품.

1. 골방 – 표준어에서는 큰 방 뒤쪽의 작은 방. 그러나 정주지방에서는 골방과
   골간을 구별하여 쓰고, 골간은 광을 골방은 물건을 놓아두는 방으로 쓴다고
   한다. 이기문(李基文), 전게논문, p. 16.
2. 어스러한 – 어스러하다. 밝지 못하고 조금 어둑하다. 「서울의 밤」, 「닭은 쏘
   구요」, 「여름의 달밤」 참조.
3. 솔대갓치 구든맘 – 솔대 같이 굳은 마음. 松竹과 같은 지조를 말한다.

— 208 —

富貴功名

거울드러 마주온 내얼굴을
좀더 미리부터 아랏던들,
늙는날 죽는날을
사람은 다 모르고 사는탓에,
오오 오직 이것이 참이라면,
그러나 내세상이 어뒤인지?
지금부터 두여들 죠흔年光
다시와서 내게도 잇슬말로
前보다 좀더 前보다 좀더
살음즉이 살넌지 모르련만
거울드러 마주온 내얼굴을
좀더 미리부터 아랏던들ー

富貴功名

1. 두여들 죠흔年光 – 둘여덟 좋은 年光, 28의 좋은 나이. 곧 16세의 한창 좋은
   나이.
2. 잇슬말로 – 있을 것 같으면.
3. 살음즉이 살넌지 – 사는가 싶게 살 것인지.

— 209 —

追悔

낫븐일까지라도 生의努力、

그사람은 善事도 하엿서라

그러나 그것도 虛事라고！

나亦是 알지마는、 우리들은

꿋꿋내 고개를 넘고넘어

짓싯고 닷든말도 순막집의

虛廳서、 夕陽손에

고요히 조으는한쌔는 다 잇나니、

고요히 조으는한쌔는 다 잇나닝

追悔

1. 추회(追悔) - 지나간 일을 생각하며 그리워 하는 일.
2. 선사(善事) - 착한 일.
3. 허사(虛事) - 헛된 일.
4. 역시(亦是) - 또한.
5. 순막집 - 숫막, 길손이 쉬어가는 주막. 「귀쑤라미」, 「송원이사(送元二使)」 참조.
6. 허청(虛廳) 夕陽(석양) 손에 - 허청은 휑하게 빈 집. 석양 '손' 에의 '손' 은 평안방언의 특수 형태소. 소정의 때, 기다리던 시간. 여기서는 '석양(夕陽) 무렵에' 로 해석이 가능하다. 이기문(李基文), 전계논문, p. 14.

— 210 —

無 信

그대가 도러켜 무릅줄도 내가 아노라,
「무엇이 無信함이잇더냐?」하고,
그러나 무엇하랴 오늘날은
야속히도 당장에 우리눈으로
볼수업는 그것을, 물과갓치
흘너가서 업서진맘이라고 하면.

검은구름은 메기슭에서 어정거리며,
애처롭게도 우는山의사슴이
내품에 속속드리붓안기는듯.
그러나 밀물도 쎄이고 밤은어둡어

無信

* 『영대』5호(1925. 1) 63-64면에 실린 작품. 『영대』에서는 2연으로 분절이 안
 된 것을 『진달래꼿』에서 현형과 같이 했다.

1. 붓안기듯 – 붙안다, 부둥키다, 두 팔로 부둥켜안다.
2. 쎄이고 – 써다, 조수가 빠지다.

— 211 —

닷주엇든 자리는 알길이업서랑
市井의흥정일은
外上으로 주고 밧기도하젔마는

---

3. 닷주엇든 - 닺주다, 닺을 내리다.
4. 시정(市井) 흥정일은 - 자자거리에서 흥정하는 일은, 물건을 사고 파는 일은.
5. 외상(外上) - 돈을 받지 않고 물건을 주는 것.

— 212 —

꿈 길

물구슬의 봄새벽 아득한길

하늘이며 들사이에 빗분숨

저즌좀氣(香氣) 붉웃한님우의길

실그물의 바람비처 저즌숨

나는 거러가노라 이러한길

밤저녁의 그늘진 그대의꿈

흔들니는 다리우 무지개길

바람조차 가을봄 거츠는꿈

꿈길

1. 물구슬의 봄새벽 – 일찍 우리말에는 나타나지 않은 표현, 한자어로 '수로(水露)'가 있는데 정취를 살리기 위해 그것을 순수국어로 고쳐쓴 것 같다.
2. 거츠는 – 거치는.

— 213 —

사노라면
사람은죽는것을

하로라도 멧番식 내생각은
내가 무엇하라고 살라는지?
모로고 사랏노라, 그럼말로
그러나 호르는 저냇물이
흘너가서 바다로 든댈진댄。
일로조차 그러면, 이내몸은
애쓴다고는 말부러 니즈리라。
사노라면 사람은 죽는것을
그러나, 다시 내몸,
봄빗의 불붓는 사태흙에
집짓는 저개아미

―――――――――

사노라면 사람은 죽는 것을

1. 그럴말로 – 그럴 것으로 말하면, 그럴 것으로 치면.
2. 든댈진댄 – '들진대'에 해당되는 평안도 사투리.

— 214 —

나도 살려하노라, 그와갓치
사는날 그날싸지
살음에 즐겁어서,
사는것이 사람의본뜻이면
오오 그러면 내몸에는
다시는 애쓸일도 더업서라
사노라면 사람은 죽는것을。

— 215 —

하다못해
죽어달내가울나

아조 나는 바랄것 더업노라
빗치라 허공이랴,
소리만남은 내노래를
바람에나 싈워서보낼박게.
하다못해 죽어달내가울나
좀더 놉픈데서나 보앗스면!

한세상 다 살아도
살은뒤 업슬것을,
내가다 아노라 지금까지
사랏서 이만큼 자랏스니.

하다못해 죽어달내가울나

1. 죽어달내가울나 – 죽어 달라고 하는 것이 옳은가, 죽어 달라가 옳은가.

— 216 —

예전에 지나본모든일을
사탓다고 니를수잇슬진댄!
물새의 다라저녈닌 굴썹풀에
붉은가시덤불 버더늙고
어둑어둑 점은날을
비바람에울지는 돌무덕이
하다못해 죽어달내가울나
밤의고요한쩨라도 직컷스면!

2. 니를수잇을진댄 - 이를 수 있을진대는.
3. 다라저 녈린 굴썹풀에 - 갈리고 낡아서 닳은 채 널려 있는 굴 껍질에.
4. 비바람에울지는 - 비바람에 울부짖는.

— 217 —

希望

날은저물고 눈이나려라

낫서른물써으로 내가왓슬쌔。

山속의울벱이 울고울며

쩌러진닙들은 눈아래로 싸녀랑

아아 蕭殺스럽은風景이어

智慧의눈물을 내가 어들쌔ㅡ

이제금 알기는 알앗건만은ㅡ

이세상 모든것을

한갓 아름다운눈얼님의

그림자쑨인줄을。

希望

1. 소살(蕭殺)스럽은 - 찬 기운이 풀이나 나무에 스쳐 쓸쓸한.
2. 눈얼님 - 눈으로 보기에만 그럴싸한 것. 눈짐작.

— 218 —

이우러 香氣깁픈 가을밤에
우무주러진 나무그림자
바람파비가우는 落葉우헤。

---

3. 이우러 – 이울다. 꽃이나 잎이 시들다. 「고락(苦樂)」참조.
4. 우무주러진 – 우므러지고 줄다.

— 219 —

展望

부엿한하늘、 날도 채밝지안앗는데、
흰눈이 우멍구멍 쌔윤새벽、
저 남便물새우헤
이상한구름은 層層臺쎄 올나라。

마을아기는
무리지어 書齋로 올나들가고、
씨집사리하는 젊은이들은
각금각금 움물길 나드러라。

蕭索한欄干우흘 전일으며

展望

1. 우멍구멍 쌔운새벽 - 우므러지기도 하고 두드러지기도 하여 평탄하지 못한
   면에 쌓인 새벽.
2. 층층대(層層臺) - 계단.
3. 서재(書齋) - 책을 갖추어 두고 책을 읽거나 글을 쓰는 방.
4. 움물길 - 우물길.
5. 소색(蕭索)한 - 쓸쓸하고 인기척이 없는.

— 220 —

내가 볼쌔 온아츰, 내가슴의,
좁펴옴긴 그림張이 한녑풀,
한갓 더운눈물로 어룽지갯。

억개우혜 銃메인산양바치
半白의머리털에 바람불며
한번 다름박질。 을길 다 왓서랑
흰눈이 滿山遍野 쌔윤아츰。

---

6. 좁펴옴긴 그림장(張)이 한녑풀 – 좁혀 옮긴 그림장이 한 옆을.
7. 산양바치 – 사냥바치, 사냥꾼.
8. 만산편야(滿山遍野) – 바라보이는 산과 들을 왼통 모두.

— 221 —

나는
세상 모르고 사랏노라

「가고 오지못한다」는 말을
철업든 내귀로 드럿노라。
萬壽山을나서서
옛날에 갈나선 그대님도
오늘날 뵈올수잇섯스면。

나는 세상모르고 사랏노라、
苦樂에 겨운입술로는
갓튼말도 죠꼼더 怜悧하게
말하게도 지금은 되엿건만。
오히려 세상모르고 사랏스면ー

나는 세상 모르고 사랏노라

1. 만수산(萬壽山) － 3연의 '제석산(啼昔山)'과 함께 素月의 고향에 있는 산들
   로 추정되나 확인하지 못했다.

— **222** —

「도라서면 모심타」 는말이

그 무슨 뜻인줄을 아랏스랴。

嗜昔山붓는불은 옛날에 갓나선 그내님의

무덤엣불이라도 태왓스면!

---

2. 모심타 – '무심타'의 작은 말. 주로 쌀쌀맞은 여자에 대해 쓴다고 함. 이기문 (李基文), 전게논문.

后

死

變

— 225 —

金잔듸

深深山川에도　금잔듸에.
봄빗치　왓네, 봄날이　왓네,
버드나무꿋터도실가지에.
봄이　왓네, 봄빗치　왓네。
가신님　무덤싸엣　금잔듸。
深深山川에　붓는불은
금잔듸,
잔듸,
잔듸,

金잔디

* 『개벽』19호(1922. 1) 35면과『잃어버린 진주(眞珠)』(1924. 8)의 「서문대신(序文代身)에」등에 실린 작품. 『진달내꼿』, 『소월 시초(素月詩抄)』등 시화집에 수록된 소월의 대표작.

1. 심심산천(深深山川) – 깊고깊은 두메 산골.
2. 붓는 – 붙는.
3. 버드나무꿋터도 – 버드나무 끝에도.

江村

날저물고 돗는달에
흰물은 쏼쏼……
금모래 반짝……。
靑노새 몰고가는 郞君!
여긔는 江村
江村에 내몸은 홀로 사네。
말하쟈면, 나도 나도
느즌봄 오늘이 다 盡토록
百年妻眷을 울고가네。
길세 저믄 나는 선비,
당신은 江村에 홀로된몸。

江村

* 『개벽』25호(1922. 7) 150면에 실린 작품.

1. 백연처권(百年妻眷) – 한평생의 처자 권속, 가족, 식구.
2. 길세 – 길의 사정이나 형편, 날씨.

— 227 —

첫 치 마

봄은 가나니 저믄날에,
꽃춘 지나니 저믄봄에,
속업시 우나니, 지는꽃츨,
속업시 늣기나니 가는봄을
꽃지고 닙진가지를 잡고
밋친듯 우나니, 집난이는
해다지고 저믄봄에
허리에도 감운첫치마를
눈물로 합색히 쩌여싸며
속업시 우노나 지는꽃츨,
속업시 늣기노나, 가는봄을。

첫치마

* 「동아일보」(1921. 4. 9)와 「서문대신에」「개벽」19호(1922. 1) 35면에 실린 작품.

1. 집난이 – 집을 떠난 사람. 나그네.
2. 늣기노나 – 느끼는구나.

— 228 —

달마지

正月대보름날 달마지,
달마지 달마중을, 가쟈고!
새라새옷은 가라닙고도
가슴엔 묵은설음 그대로,
달마지 달마중을, 가쟈고!
달마중가쟈고 니웃집들!
山우헤水面에 달소슴쎄,
도라들가쟈고, 니웃집들!
모작별삼성이 쎠러질쎄。
달마지 달마중을 가쟈고!
다니든옛동무 무덤싸에
正月대보름날 달마지!

달마지

*『개벽』19호(1922. 1) 35-36면에 실린 작품.

1. 새라새옷 - 새롭고 새로운 옷. 소월식 표현으로 「새라 새롭다」, 「바라건대
   는-」, 「밭고랑 위에서」 등 참조.
2. 모작별 - 저녁 때의 금성(金星).

— 229 —

엄마야 누나야

엄마야 누나야 江邊살쟈,
쓸에는 반짝는 金금래빗,
뒷門밧게는 갈닙의 노래
엄마야 누나야 江邊살쟈.

엄마야 누나야

* 『개벽』19호(1922. 1)에 실린 작품.

1. 반짝는 – '반짝는'은 3·3·4조를 맞추기 위한 것으로 너무 인위적인 느낌을 주어 '반짝이는'이 더 자연스럽다.
2. 갈닙 – 갈대잎. 일부 주석에서 가랑잎으로 해석된 예가 있으나 잘못이다. 소월과 함께 김억도 '갈잎피리'라는 말을 썼는데 가랑잎으로 피리를 만들었을리가 없는 것이다.

희곡편

봄이온다

— 233 —

닭은쇠수요

닭은 쏘수요、쇠수요 울제、
헛잡으니 두팔은 밀녀낫녜。
애도타리만치 기나진밤은……
꿈세친뒤엔 감도록 잡아니 오녜。

우혜는靑草언덕、곳은 깁섬、
엇저녁대인 南浦빼싼。
몸을 잡고뒤재며 누엇스면
솜솜하개도 감도록 그리워 오녜。

아모려 보아도

닭은 쏘수요

* 『개벽』20호(1922. 2) 18면에 실린 작품.

1. 애도타리만치 – 애도 타오르는 만큼.
2. 솜솜하게 – 뚜렷하게.

— 234 —

밝은 燈불, 어스렷한데。

감으면　눈속엔　흰모래밧、

모래에　얼인안개는　물우해　슬제

大同江 뱃나루에　해도다오녜。

---

3. 해도다오네 - 해 돋아오네, 해가 솟아오네.

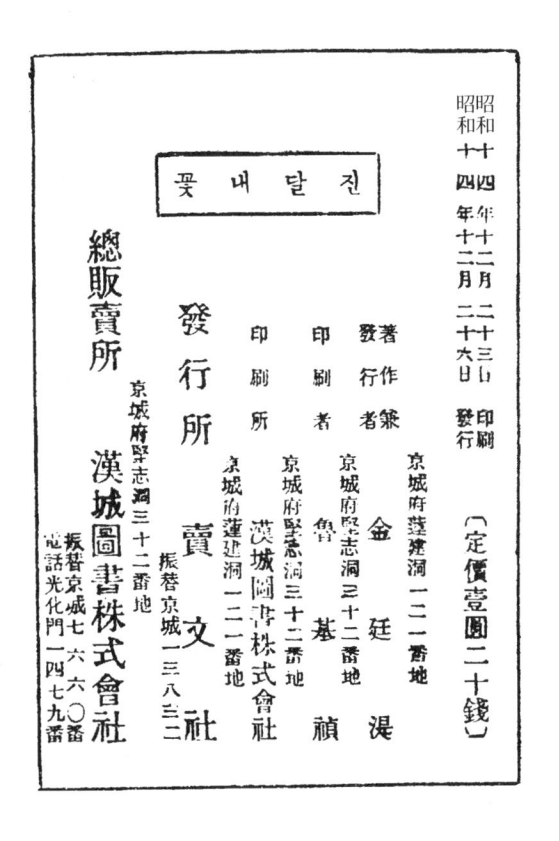

昭和十四年十二月二十三日 印刷
昭和十四年十二月二十六日 發行

（定價壹圓二十錢）

진달내꽃

著作者　京城府蓮建洞一二一番地
　　　　金　廷　湜

發行者　京城府堅志洞二十二番地
　　　　魯　基　禎

印刷者　京城府堅志洞二十二番地
　　　　魯　基　禎

印刷所　京城府蓮建洞一二一番地
　　　　漢城圖書株式會社

發行所　京城府蓮建洞一二一番地
　　　　賣文社
　　　　振替京城一三八三三

總販賣所　京城府堅志洞三十二番地
　　　　　漢城圖書株式會社
　　　　　振替京城七六六〇番
　　　　　電話光化門一四七九番

『素月詩抄』 수록 작품

『素月詩抄』(博文書館, 1939) 수록 작품

팔벼개 노래調

이러구러 제돖이 왔구나. 지난 甲子年 가을이러라. 내가 일찍이 일이 있어 寧邊邑에 갔을 때 내 性癖에 맞후어 城內치고도 어떤 외따른 집을 찾아 묵고 있으려니 그 곳에 한낱 親和도 없는지라, 할수 없이 밤이면 秋夜長 나그네房 찬자리에 가치어 마주 보나니 잦는듯 한 燈불이 그물러질까[1] 겁나고, 하느니 생각은 근심되어 이리뒤적

팔베개 노래調

* 『가면』3호(1926. 8)과 『삼천리』66호(1935. 10) 248-249면에 실린 작품. 고전가사의 형식에 민요조의 가락을 지니고 있으며 가락이 구성지고 간절하여 소월의 작품 가운데서 가장 좋은 것의 하나이다.

1. 그물러질까 - 기본형 '그물거리다', '그물대다'. 불빛 따위가 꺼질 것처럼 차츰 약해지는 것

저리뒤적 잠 못들어 할제, 그 쓸쓸한 情境이 실로 견디어 지내기 어려웠을레라. 다만 때때로 시멋없이[2] 그늘진 들까를 혼자 두루 거닐고는 할뿐이었노라.

그렇게 지나기를 며칠에 하루는 때도 짙어가는 초밤, 어둑한 네거리 잠자는 집들은 人氣가 끊였고 初生의 갈구리달[3] 재넘어 걸렸으매 다만 이따금씩 지내는 한두사람의 발자최소리가 고요한 골목길 시커먼 밤빛을 드둘출뿐이러니[4] 문득 隔墻[5]에 가만히 부르는 노래노래 淸怨凄絕[6]하여 사뭇 오는 찬 서리 밤빛을 재촉하는듯, 고요히 귀를 기우리매 그 歌詞됨이 새롭고도 質朴함은 이른봄의 지새는 새벽 寂寞한 狀頭의 그늘진 花甁에 芬芬[7]하는 紅梅꽃 한가지일시 分明하고 律調의 高低와 斷續에 따르는 豊富한 風情은 마치 泉石의 우멍구멍한[8] 山길을 허방지방[9] 오르나리는듯한 感이 바이없지 않은지라, 꽤 事情있는 사람으로 하여금 그윽한 눈물에 옷깃 젖음을 깨닫지 못하게 하였을레라.

이윽고 그 한밤은 더더구나 빨리도 자최없이 잃어진 그 노래의

---

2. 시멋없이 - 시멋없다. 중세국어의 '스뭇ᄒᆞ다(依然)'와 관계되는 말로, 망연한 모양을 나타낸다. 이기문(李基文), 전게논문, p. 21.

3. 초생(初生)갈구리달 - 음력 달 초에 뜨는 달. 초승달이나 그믐달같이 날카롭게 이지러진 달

4. 드둘출 뿐이러니 - 드둘추다. '드러내다'의 방언.

5. 격장(隔墻)에 담을 넘어 - 담을 사이에 두고.

6. 청원처절(淸怨凄絕) - 맑고 깨끗하며 더할 나위 없이 쓸쓸함. '청원'은 흔히 '청량(淸亮)'으로 쓴다.

7. 분분(芬芬) - 향기가 높은 모양.

8. 우멍구멍한 - 면이 고르지 못하여 울퉁불퉁하다.

9. 허방지방 - 허둥지둥한 모양.

餘韻이 외로운 벼개머리 귀밑을 울리는듯하여 本來부터 꿈많은 선 잠도 슬픔에 지치도록 밤이 밝아 먼 동이 훤하게 눈터올때에야 비 로소 고달픈 내눈을 잠시 붙였었노라.

두어 열흘동안에 그 노래主人과 熟面[10]을 이루니 今年으로 하면 스물하나, 當年에 갓스물, 몸은 妓生이었을레라.

하루는 그 妓女 저녁에 찾아와 이런 이야기 저런 이야기로 밤 보 내던 끝에 말이 自己身勢에 미치매 잠간 낯을 붉히고 하는 말이, 내 故鄕은 晉州요, 아버지는 精神없는 사람되어 간곳을 모르고, 그 러노라니 제 나이가 열세살에 어머니가 제 몸을 어떤 湖南行商에 게 팔아 당신의 후살의[11] 미천을 삼으니 그로부터 뿌리 없는 한몸 이 靑樓에 零落하여 東漂西泊 할제 얼울없는[12] 종적이 南으로 門 司, 香港이며, 北으로 大運, 天津에 花朝月夕의 눈물 궂은 生涯가 예까지 구을러 온지도 이미 半年 가까이 되었노라 하며 하던 말끝 을 미처 거듭지 못하고 걷잡지 못할 서름에 엎드러져 느껴가며 울 었을러니, 이마치[13] 길이 자 한치 날카로운 칼로 사나이 몸의 아홉 구비 굵은 心臟을 끊고 찌르는 애닯은 뜬 世相일의 한가지 못보기 라고 할런가.

있다가 이윽고 밤이 깊어 돌아갈지음에 다시 이르되 妓名은 채란 이로라 하였더니라.

---

10. 숙면(熟面) - 얼굴을 익힘. 서로알게되어 친해짐.
11. 후살의 - 후살이의, 개가의.
12. 얼울없는 - '얼울'의 원형은 '어우르다'로 추정된다. 어울리어 살길이 없는.
13. 이마치 - 이만치.

이 팔벼개노래調는 채란이가 부르던 노래니 내가 寧邊을 떠날 臨時하여 빌어 그의 親手[14]로써 記錄하여 가지고 돌아왔음이라. 무슨 내가 이 노래를 가져 敢히 諸大方家의 詩的眼目을 辱되게 하고저 함도 아닐진댄 하물며 이맛[15] 鄭聲衛音[16]의 현란스러움으로써 藝術의 神嚴한 官殿에야 하마 그 門前에 첫발걸음을 건들어 놓아보고저 하는 僭濫[17]한 意思를 어찌 바늘끝만큼인들 念頭에 둘 理 있으리오마는 亦是 이노래 野卑한 世俗의 浮輕한 一端을 稱道함에 지내지 못한다는 非難에 마출지라도 나 또한 구태여 그에 對한 遁辭[18]도 하지아니 하려니와, 그 以上 무엇이든지 사양없이 받으려 하나니, 다만 只今도 매양 내잠 아니 오는 긴 밤에와 나 홀로 거닐으는 감도는 들길에서 가만히 이 노래를 읊으면 스스로 禁치못할 可憐한 느낌이 있음을 取하였을 뿐이라 이에 그래도 내어버리랴 버리지 못하고 이 노래를 世上에 傳하노니 只今 이 자리에 지내간 그 옛날일을 다시 한 번 끌어내어 생각하지 아니치 못하여 하노라.

      첫날에 길동무
      만나기 쉬운가

---

14. 친수(親手) - 손수.
15. 이맛 - 이만큼.
16. 정성위음(鄭聲衛音) - 정나라의 소리와 위나라의 노래. 방정하지 못하고 음란한 음악.
17. 참람(僭濫) - 분수에 넘쳐 외람됨.
18. 둔사(遁辭) - 꾸며대어 빠져나가려고 하는 말.

가다가 만나서
길동무 되지요.

날긇다[19] 말어라
家長님만 님이랴
오다가다 만나도
정붓들면[20] 님이지.

花紋席 돗자리
놋燭臺 그늘엔
七十年 苦樂을
다짐둔[21] 팔벼개.

드나는 곁방의
미닫이 소리라
우리는 하루밤
빌어얻은 팔벼개

朝鮮의 江山아
네가 그리 좁더냐

---

19. 날긇다 - 나를 그르다. 내가 잘못이라.
20. 정붓들면 - 정이 붙어 들면.
21. 다짐둔 - 다짐을 한.

三千里 西道를
끝까지 왔노라.

三千里 西道를
내가 여기 웨왔나
南浦의 사공님
날 실어다 주었소.

집뒷山 솔밭에
버섯 따던 동무야
어느 뉘집 家門에
시집 가서 사느냐.

嶺南의 晉州는
자라난 내故鄕
父母없는
故鄕이라우.

오늘은 하루밤
단잠의 팔벼개
來日은 相思[22]의
거문고 벼개라.

첫닭아 꼬꾸요
목놓지 말아라
품속에 있던님
길차비 차릴라.

두루두루 살펴도
金剛 斷髮嶺[23]
고개길도 없는몸
나는 어찌 하라우.

嶺南의 晋州는
자라난 내故鄕
돌아갈 故鄕은
우리님의 팔벼개.

「가면(假面)」 7호 (1926. 8)

---

22. 상사(相思)의 거문고 벼개라 – 상사(相思)는 남녀간의 애틋한 정을 하며 여기 거문고는 그것을 타는 사람의 애틋한 마음을 타서 가락을 내는 악기로 생각된다. 따라서 이 부분은 내일이면 이별을 하여 님을 그리며 거문고 처럼 우는 밤의 잠자리가 될 것이라는 뜻을 담고 있다.
23. 금강 단발령(金剛 斷髮嶺) – 단발령은 강원도 금화군과 회양군 사이에 있는 고개. 뜻이 바뀌어 세속을 떠나 출가하여 스님이 되는 상징의 고개. 「금강」은 금강산을 또다른 출가의 상징으로 사용한 것이다.

三水甲山

-次岸曙三水甲山韻[1]-

山水甲山 내웨왔노 三水甲山이 어디뇨
오고나니 奇險타 아하 물도 많고 山첩첩이라 아하하

내 故鄉을 돌우가자 내고향을 내못가네
山水甲山 멀드라 아하 蜀道之難[2]이 예로구나 아하하

三水甲山이 어디뇨 내가오고 내못가네
不歸로다[3] 내故鄉 아하 새가되면 떠가리라 아하하

山水甲山

* 「신인문학」3호(1934. 11) 87-88면과 「신동아」40호(1935. 2)에 실린 작품.
  부제목으로 보아 스승인 김억의 「삼수갑산」에 화답시로 쓴 것이다.

1. 차운(次韻) - 한시를 짓는 한 형식이다. 처음 한시 가운데는 반드시 운을 갖
   는 형식이 있다. 이때 택한 운을 원운(原韻)이라고 한다. 차운(次韻)은 운에
   따라서 지은 시를 가리킨다. 한국어 시에는 운이 없으니 소월의 이런 제목은
   멋으로 택해진 것이다.
2. 촉도지난(蜀道之難) - 중국 사천성으로 통하는 험난한 길. 근대에 이르기까
   지 잔도로 이용했다. 여기서는 험난한 세상살이의 상징.
3. 불귀(不歸)로다 - '불귀'는 돌아오지 않음의 뜻으로 '죽음'을 가리킨다.

님게신곳 내고향을 내못가네 내못가네
오다가다 야속타 아하 三水甲山이 날가두었네 아하하

내고향을 가고지고 오호 三水甲山 날가두었네
不歸로다 내몸이야 아하 三水甲山 못버서난다 아하하
(平北龜城郡西山面坪地洞 金廷湜)

『신인문학(新人文學)』3호, (1934. 11), pp87~88.

---

4. 가둡네 – 가두다. '가두네'의 방언.

제 비

오늘아츰 먼동 틀째
江南의더운나라로
제비가 울고불며 써낫습니다.

잘 가라는듯시
살살 부는[1] 새벽의
바람이 불째에 써낫습니다.

어이[2]를 離別하고
써난 故鄉의
하늘을 바라보든 제비이지오.

제비

* 『개벽』25호(1922. 7) 150면에 실린 작품. 『진달내옷』 간행 전에 발표된 작품. 그러나 소월 자신은 이 작품을 그의 시집에 포함시키지 않았다. 그 이유는 '제비가 울고불며 떠났습니다' 와 같은 부분이 마음에 들지 않았기 때문이었을 것이다. 시집의 같은 제목 「제비」는 3행이면서 이 작품보다 격이 높다.

1. 살살부는 – 제비가 떠나는 철은 가을이다. 가을 바람이 부는 모양은 살살보다 솔솔이 더 나았을 것이다.
2. 어이 – 어버이, 또는 짐승의 어미.

길가에서 쩌도는 몸이길내,
살살 부는 새벽의
바람이 부는데도 쩌낫습니다.

「개벽」25호, (1922. 7), p.150.

將別里

軟粉紅저고리, 짧안불부튼
平壤에도 이름놉흔將別里,
金실銀실의 가는비는
비스틈이도 내리네 쑤리네.

털털한 배암紋徽[1]돗은洋傘에
나리는 가는비는
우에나 아레나 나리네, 쑤리네[2].

將別里

* 『개벽』25호(1922. 7) 149면에 실린 작품. 『소월 시초(素月詩抄)』에서 김억이
손을 본 작품. 그것으로 플러스와 마이너스 면을 아울러 가지게 되었다. 플러
스가 된 것은 '우에나 아레나'를 '위에랴 아래랴'로 한 부분이다. 그리고 그
반대 경우가 '가는 비'를 '가는 실비'라고 한 점이다. 김억의 수정이 작품의
말씨를 설명적이게 한 것이다.

1. 배암문의 - 배암무늬. 뱀무늬.
2. 우에나 아레나 나리네 뿌리네 - 비가 어지럽게 내리는 모양. 이런 표현으로
   시의 가락이 잘 살게 되었다.

흐르는 大同江, 한복판에
울며돌든 벌새의째무리,
당신과 離別하든 한복판에
비는 쉴틈도없시 나리네, 쑤리네.

『개벽』25호, (1922. 7), p.149.

孤寂한날

당신님의 便紙를
바든 그날로
서러운風說¹⁾이 돌앗습니다.

물에 던저달나고²⁾ 하신 그쯧은
언제나 쏨쌔며 생각하라는
그말슴인줄 압니다.

흘려 쓰신 글씨나마
諺文글자로
눈물이라고 적어보내섯지요.

孤寂한날

* 『개벽』25호(1922. 7)에 실린 작품. 이 작품에는 '당신님'과 같은 조어가 쓰였다. 본래 '당신'이라는 말은 그 자체에 경칭이 내포되어 있다. 그리하여 '님'을 붙일 필요가 없다. 그러나 이것으로 소월의 시가 지니는 바 유완한 감정·면면한 정서가 살아날 수 있다.

1. 풍설(風說) – 뜬 소문. 근거가 없이 떠도는 말들.
2. 물에 던저 달나고 – 편지를 읽고 물에 던져 달라고의 뜻.

물에 던저달나고하신 그뜻은
쓰거운 눈물 방울방울 흘리며,
맘곱게 읽어달나는 말슴이지오.

「개벽」25호, (1922. 7)

信 仰

눈을감고잠잠히생각하라
묵업은짐에[1]우는목슴에는
바다가질[2] 安息을더하랴고
반드시힘잇는도음의손이
그대들을위하야기다릴지니.

그러나, 길은다하고날이저므는가.
애처럽은人生이어
鐘소리는배밧비[3] 흔들리고
애구즌[4]弔歌는빗겨올째,
머리숙으리며그대歎息하리.

그러나, 쑤러안저고요히
빌라, 힘잇게敬虔하게.

信仰

1. 묵업은 짐에 – 무거운 짐에. 인생의 여러가지 부담스러운 일에의 뜻.
2. 바다가질– 받아서 가지게 될.
3. 배 밧비 – 배가 바쁘게. 매우 바쁘게.
4. 애구즌 – 애꿎은. 기본형 애꿎다. 허물이 없이 억울하게.

그대의맘가운데
그대를직키고잇는아름답은神을
놉히우럴어敬拜하라.

멍에는괴롭고짐은무겁어도
두다리든門은멀지안아열리지니,
 가슴에품고잇는明滅의 그燈盞을
부드럽은叡智의기름으로
채우고또채우라.

그러하면, 목슴의봄두던[5]의
살음을[6]感謝하는놉흔가지
니젓든眞理의봉우리에닙흔피며
信仰의불붓는고흔잔듸
그대의헐버슨靈을싸덥흐리.

---

5. 봄두던 - 봄 언덕.
6. 살음을 - 산 것을. 삶을.

고만두풀[1] 노래를 가져 月灘[2]에게 드립니다.

1

즌퍼리[3]의 물까에
우거진 고만두
고만두풀 꺾으며
「고만두라」합니다.

두손길 맞잡고
우두커니 앉았소
잔즈르는[4] 愁心歌
「고만두라」합니다.

슬그머니 일면서

고만두풀 노래를 가져 月灘에게 드립니다.

* 『가면』6호(1926. 7)에 실린 작품이나 지금은 게재지가 전하지 않는다. 따라
서 『소월 시초』를 원전으로 삼을 수밖에 없다.

1. 고만두풀 – 고마리. 고만이) 길가나 물기슭에 나는 마디풀과 풀
2. 월탄(月灘) – 박종화(朴鍾和)(1901-1981)의 호. 『백조』 동인으로 등단. 시집
   『흑방비곡(黑房秘曲)』과 함께 『금산의 비』 『대춘부』등 역사소설 다수.
3. 즌퍼리 – 진펄. 항상 습기가 차서 곡식을 심지 못하는 곳
4. 잔즈르는 – 흩어진 것을 가리어 가지런하게 거두는

「고만갑소」하여도
앉은대로 앉아서
「고만두고 맙시다」고.

고만두 풀숲에
풀버러지 날을 때
둘이 잡고 번갈아
「고만두고 맙시다.」

    2
「어찌 하노 하다니」
중어리는[5] 혼잣말
나도 몰라 왔어라
입버릇이 된줄을.

쉬일때나 있으랴
生時엔들 꿈엔들
어찌 하노 하다니

---

5. 중어리는 – 중어리다. 중얼거리다.

뒤재이는[6] 생각을.

하지마는 「어찌노」
중어리는 혼잣말
바라나니 人間에
봄이 오는 어느날.

돋히어나 주과저
마른 나무 새 엄을,
두들겨나 주과저
소리 잊은 내 북을.

「가면(假面)」 (1926. 7)

---

6. 뒤재이는 - 뒤재다. 뒤바꾸거나 뒤집어 놓다

해 넘어 가기 한참은

해 넘어 가기 한참은
하염 없기도 그지 없다,
연주홍물 엎지른 하늘위에
바람의 흰 비들기 나돌으며 나무가지는 운다.

해 넘어 가기前 한참은
조미조미 하기도[1] 끝없다,
저의 맘을 제가 스스로 느꾸는[2] 이는 福있나니
아서라, 피곤한 길손은 자리 잡고 쉴지어다.

가마귀 좇닌다
鐘소리 비낀다.
송아지가 「음마」하고 부른다
개는 하늘을 쳐다보며 짖는다.

해 넘어 가기前 한참은

* 이 작품 역시 『가면』1926년 7월호에 실렸다. 『소월 시초』수록 때 손질이 많
  이 가해졌다.

1. 조미조미 하기도 – 조미조미하다. 조마조마하다.
2. 느꾸는 – 느꾸다. 눅구다. 표준어 '눅다'의 사역형 방언으로 '무르게 하다',
   '부드럽게 하다'의 뜻.

해 넘어 가기前 한참은
처량하기도 짝 없다
마을앞 개천까의 體地큰³⁾ 느티나무 아래를
그늘진데라 찾아 나가서 숨어 울다 올꺼나.

해 넘어 가기前 한참은
귀엽기도 더하다.
그렇거든 자네도 이리 좀 오시게
검은 가사로 몸을 싸고 念佛이나 외우지 않으랴.

해 넘어 가기前 한참은
유난히 多情도 할세라
고요히 서서 물모루 모루모루⁴⁾
치마폭 번쩍 펼쳐들고 반겨 오는 저달을 보시오.

---

3. 체지(體地)큰 – '體肢'의 오식인 듯하다. 체간에서 나온 팔과 다리가 큰.
4. 물모루 모루모루 – '모루'는 정주지방 방언으로 '모래'이다. 따라서 이 부분
  의 뜻은 '물 모래 모래 모래'가 된다.

돈 타 령

1

요닷돈을 누를줄꼬? 요마음.

닷돈 가지고 甲紗당기 못끗 갓네[1]

은가락지는 못사갓네. 아하!

막코를[2] 열個 사다가, 불을녓챠[3] 요마음.

2

되려니 하니[4]생각.

滿洲갈싸? 鑛山엘갈싸?

되갓나 안되갓나[5], 어제도 오늘도,

이러 져리하면 이리져리 되려니하는생각.

돈타령

* 『삼천리』53호 (1934. 8) 175-176면에 실린 작품. 잡가, 타령의 말씨와 가락을 수용한 소월의 작품 가운데 하나. 서민가용 형태를 계승하려는 시도로 주목된다.

1. 못캇끗네 – 못 끊갔네. 못끊겠네. 못 사겠네. 난장에서나 포목점에서 댕기를 사때 가위로 잘라 준데서 생긴 표현.
2. 일제시대 담배 상표의 하나. 'マコ'.
3. 불을 옇자 – '넣자'의 방언. 지피자.
4. 하니 – 하는.
5. 되갔나 안 되갔나 – '되겠나 안되겠나'의 서북 사투리.

3

잇슬째에는 몰낫드니
업서지니까 네로구나

잇슬째에는 몰낫드니
업서지니까 네로구나

몸에 갑진것 하나도 업네

내 남은 밋천이 本心이라

잇든것이 병발[6]이라
업드니편만 못하니라

가는법이 그러니라
靑春 아울너 가지고갓네

술고기를 안먹으랴고
밥 먹고 십플줄 네 몰낫지

---

6. 병발 – 병의 근원.

색시와 친구는 봇튼게라고
네쳐귄 업슬줄 네몰낫지

人格이 잘나서 제로라고[7]
무엇이 난줄을 네 몰낫지

千金散盡 還復來는
업서진 뒤에는 아니니라

상감님이 되여서락도[8]
발은것이 나드니라[9]

人生不得 更少年은[10]
내가 잇고서 할말이라

---

7. 제로라고 – '자기이다' 라고, '저이다' 라고.
8. 되어서락도 – '되어서라도'의 방언.
9. 나드니라 – 나드리라. '나고 들다'의 뜻으로 추정됨.
10. 인생부득개소년(人生不得 更少年) – 사람이 나이가 먹으면, 다시 젊어질 수
    가 없다는 뜻.

漢江水라 人道橋가
낫고 놉흠을 아럿드냐

가는법이 그러니라
勇氣 아울너 가지고간다

내가 누군줄 네 알겟느냐
내가 곳쟝 네 세상이라

내가 가니 네세상 업다
세상이 업시 네 사라보라

내 천대를 네가 하고
누 賤待를 네 밧나보랴

나를 다시 밧드는것이
네 세상을 밧드는게니라

쌀나만 보라 내 또오마
쌀나만 보라 내 또오마

아니온다고 아니온다고
아니올 理가 잇겟느냐

잇서야 하겟기 쌀으지만
잇고보니 네로구나

잇서야 한다고 쌀으지만
잇고보면 네로구나

제이, 엠, 에쓰[1]

平壤서 나신 人格의 그당신님 제이, 엠, 에쓰,
德업는 나를 미워하시고
才操잇든 나를 사랑하섯다,
五山게시든 제이, 엠, 에쓰
十年봄만에 오늘아츰 생각난다
近年 처음 쑴업시 자고 니러나며.
얼근얼골에 쟈그만키와 여윈몸매는
달은 쇠싯 갓튼 志操가 튀여날듯
타듯하는 눈瞳子만이 유난히 빗나섯다,
민족을 위하야는 더도 모르시는 熱情의 그님,

素朴한 風采, 仁慈하신 녯날의 그모양대로,
그러나, 아―술과 게집과 利慾에 헝클러져

제이, 엠, 에쓰

* 『삼천리』53호 (1934. 8) 177면에 실린 작품. 소월 사후에 발표된 것으로 민족
  의식을 바탕으로 한 것이다.

1. 제이, 엠, 에쓰 ― J. M. S. 곧 조만식(曺晚植)의 영문자 머리글자 표기. 五山
   학교 교장이었으며 소월은 이작품을 통해 그에 대한 존경의 마음을 노래했다.

十五年에 허주한[2]나를
웬일로 그당신님
맘속으로 차즈시오? 오늘아츰.
아름답다, 큰사량은 죽는법업서,
記憶되어 恒常 내가슴 속에 숨어잇서,
밋쳐 거츠르는 내良心을 잠재우리[3],
내가 괴롭은 이세상 써날 째까지.

『三千里』53호, (1934. 8), pp.177.

---

2. 허주한 - 허주하다, 허줄하다, 허술하다. 무심하거나 소홀하다.
3. 미쳐 거치르는 내 양심을 잠재우리 - 미쳐서 거칠어지는 나의 良心을 순화시
   켜 주리, 미친 생각 거칠어지는 마음을 올바르게 인도해 주리.

機 會

江우헤 다리는 노혓든것을!
건너가지안코서 저볏는동안
「재」의 거츤물결은 볼새도업시
다리를 문허치고[2] 흘넛습니다.

몬저 건넌 당신이 어서오라고
그만큼 부르실째 왜못갓든가!
당신과 나는그만 이편 저편서.
재째로 울며 바랄 쑨입니다려.

『삼천리』56호, (1934. 11), p.205.

機 會

*『삼천리』56호 (1934) 11. 205면에 실린 작품.

1. 바재는 - 바재다. 주저하는 모양 주저주저하다.
2. 문어치고 - 문어치다. 무너뜨리다.

故 鄕

1

즘생은 모를는지 고향인지라
사람은 몸닛는것 고향입니다
생시에는 생각도 아니하는것
잠들면 어느덧 고향입니다

조상님 쎠가서 뭇친곳이라
송아지 동무들과 놀든곳이라
그래서 그런지도 모르지마는
아아 꿈에서는 항상 고향입니다

2

봄이면 곳곳이 山새소래
진달래 花草 滿發하고
가을이면 골쟈구니 물드는 丹楓
흐르는 샘물우에 쎠나린다

故鄕

*『삼천리』56호 (1934. 11) 205-207면에 실린 작품. 이 작품은 『소월 시초』에
서 『삼천리』 때의 3장의 셋째 연이 제거되고 없다. 이것은 각 장을 두 연으로
만들고 싶은 나머지 이루어진 손질의 결과일 것이다.

바라보면 하늘과 바닷물과
차 차 차 마주붓터 가는곳에
고기잡이 배 돗그림자
어긔엇차 듸엇차소리 들니는듯

    3
써도는 몸이거든
故鄕이 탓이되어
부모님記憶. 동생들생각
숨에라도 恒常 그곳서 뵈옵니다

고향이 마음속에 잇습니쌰
마음속에 고향도 잇습니다
제넉시 고향에 잇습니쌰
고향에도 제넉시 잇습니다

마음에 잇스니쌰 숨에 뵈지요
숨에보는 고향이 그립습니다
그곳에 넉시잇서 숨엣가지요
숨에 가는 고향이 그립습니다

4

물결에 써나려간 浮萍[1] ㅅ줄기
자리잡을 새도업네
제자리로 도라갈날 잇스랴마는!
괴롭은 바다 이세상에 사람인지라 도라가리

고향을 니젓노라 하는 사람들
나를 버린 고향이라 하는 사람들
죽어서만은 天涯一方[2] 헤매지말고
넉시라도 잇거들낭 고향으로 네 가거라

『三千里』56호, (1934. 11), pp.205～207.

---

1. 부평(浮萍) – 부평초. 개구리 밥.
2. 천애일방(天涯一方) – 먼 하늘가의 한 구석자리.

옷과밥과自由

空中에 쩌난니는
저긔 저새여
네몸에는 털잇고 짓이잇지[1].
밧헤는 밧곡석[2]
눈에 물베[3].
눌하게[4] 닉어서 숙으러젓네.
楚山지나 狄踰嶺
넘어선다.
짐실은 저나귀는 너왜넘늬?

『백치(白雉)』2호, (1928. 7), p.53.

옷과 밥과 自由

* 『백치』2호 (1928. 7) 53면과 『동아일보』(1925. 1. 1)에 실린 작품. 공중의 새,
들판의 곡식을 매체로 하고 서북지방 고개를 넘는 나귀를 등장시켜 식민지체
제 하의 궁핍상을 바닥에 깐 작품.

1. 짓이잇지 – 깃이 있지.
2. 밧곡석 – 밭 곡식.
3. 물베 – 물벼. 벼는 밭에도 재배했으나 여기서는 대를 맞추기 위해 쓴 것이다.
4. 눌하게 – 더디게.

나무리벌[1]노래

新載寧에도 나무리벌
물도만코
쌍조흔곳
滿洲奉天은 못살곳.

왜 왓느냐
왜 왓드냐
자고자곡[2]이 피쌍이라
故鄕山川이 어듸메냐[3].

나무리벌 노래

* 『백치(白雉)』2호 (1928. 7) 54-55면과 『동아일보』(1924. 11. 24)에 실린 작
품. 「옷과 밥과 자유」와 함께 일제의 수탈속에서 신음하는 우리 민족의 삶을
바닥에 깔고 노래한 작품.

1. 나무리벌 - 황해도 재령군에 있는 들. 여기서 나는 쌀이 질이 좋아 왕조 때에
   는 진상품으로 쓰였다 함
2. 자곡자곡 - 자욱자욱
3. 어듸메냐 - 어디메냐. '어디냐'의 서북 방언

黃海道
新載寧
나무리벌
두몸이 김매며 살엇지요.

올벼논에 다은물은
츨엉츨엉
벼잘안다
新載寧에도 나무리벌.

『백치』2호 (1928. 7), pp.54~55.

서정과 민족을 향한 절규

서정과 민족을 향한 절규

-소월 시를 읽는 지름길-

김용직

[1]

에누리 없이 말해서 소월의 시는 천지를 뒤덮을 것 같은 기대나 열정으로 우리에게 다가서지 않는다. 다 같은 소리라고 해도 그의 시는 어두운 산마을에 퍼지는 접동새의 울음이나 반디가 나는 밤의 시내물의 그것과 같다. 그의 말은 벌판을 휩쓸고 바다조차 뒤덮을 정도의 기백이나 오기에 찬 것도 아니다. 그의 말은 시대상황을 바꾸어내고 역사의 한 장에 새 국면을 타개하려는 의욕과 정열을 앞세운 것이 아니다. 그러나 소월의 시 곳곳에는 인간의 원형질 가운데 하나인 부드럽고 따듯한 눈길이 있고 마음씨가 담겨 있다. 많은 그의 시에는 우리가 일상생활에서 흔하게 품는 가슴의 파문들이 출렁인다. 소월은 그들을 그 나름의 말과 좋은 의미의 정서로 빚어내고 있는 것이다. 우리가 소월을 읽으면 어머니의 품과 같은 따뜻함을 느낀다. 옛집 안채 아랫목에 팔베개를 하고 누운 편안함을 맛볼

수 있다. 소월의 시는 그리하여 우리에게 논리 이전의 실체가 되며 법식과 절차를 거치지 않고도 누릴 수 있는 위로안이 되는 것이다.

③

연보를 통해서 드러나는 바와 같이 소월이 우리 시단에 등장, 활약한 시기는 지난 세기의 20년대 초두였다. 1920년 3월에 나온 『창조』3호에 그는 「낭인(浪人)의 봄」 등 다섯 편의 시를 발표했다. 그 다음 해와 다음 해에 소월은 「먼 후일」, 「풀따기」, 「금잔디」 등 서정소곡들을 잇달아 발표했는데 당시 그는 스무 살을 갓 넘긴 나이였다. 그러나 그 작품의 질로 하여 이때에 이미 소월은 우리 시단에서 움직일 수 없는 자리를 차지했다.

두루 알려진 것처럼 소월이 주로 쓴 것은 짧고 간결한 형태를 가진 서정시였다. 서정시는 서사시와 달라서 말을 극도로 아껴 써야 하는 양식이다. 짧은 가운데 서사시에 비견될만한 내용을 지니기 위해서, 서정시는 가능한 한 이질적 요소들로 작품을 만들고 비약과 복합성을 뼈대로 삼아야 하는 양식이다. 그러나 소월은 때로 이런 교의에 어긋나는 시를 썼다. 이런 경우의 보기로 들 수 있는 것이 「먼 후일」이다. 이 작품에서 소월은 '니젔노라'와 같이 꼭 같은 말을 각 연 끝자리에 되풀이했다. 형식도 단순한 편이어서 여덟 줄 네 연의 행을 모두 3 · 3 · 4조가 되게 했다. 형식 논리로 보면 이 시가 성공할 확률은 낙타의 바늘구멍 통과에 맞먹을 정도이다. 그러나 소월은 작시법의 이와 같은 금기를 넘어서 이 작품을 우리 근대시의 한 표준이 되게 했다. 이 기적과 같은 일의 비밀이 되고 있

는 것이 그의 시적 전략이다. 1연에서 3연까지 이 시는 진술의 차원
에서 말을 썼다. 화자는 살뜰하게 그리는 사람을 기다린다. 그러면
서 그는 흔히 사람들이 말하는 사랑의 영구불변성을 믿지 못한다.
상대방의 말을 믿고 싶지만 믿지 못하는 화자는 그래서 그 심정과
는 반대가 되는 '니젔 노라'를 되풀이한다. 그는 먼 훗날에도 그의
님을 잊지 못하리라는 사실을 잘 안다. 그럼에도 '먼 훗날 그 째에
니젔 노라'고 한다. 지금 못 잊는 사람에 대한 화자의 사념(思念)이
이것으로 더욱 강조된다. 이것은 이 작품이 표층구조와 다른 저층
구조의 의미맥락을 가졌음을 뜻한다. 이른바 현대시론이 말하는
역설이 완벽한 형태로 이루어진 것이다. 본래 서정시는 개인의 감
정을 바탕으로 하는 양식이다. 개인의 감정을 바탕으로 한 것이기
때문에 서정시는 안이하게 접근하면 사적인 세계를 토막글로 써놓
은 넋두리가 가능성이 있다. 그것을 우리는 개인적 넋두리의 차원
이라고 한다. 서정시가 넋두리의 차원을 넘어서기 위해서는 꼭 하
나의 전제가 필요하다. 그것이 작품을 밑받침할 기법이며 전략이
다. 「먼 후일」을 통해 우리는 소월의 시가 그런 시의 전략을 터득
해내었음을 본다. 이것만으로도 우리는 소월의 시가 우리 시사에
서 차지하는 위치를 넉넉하게 가늠할 수 있을 것이다.

2

소월 시의 또 다른 자격을 이루는 것이 우리말의 맛과 결을 잘 살
려 쓴 점이다. 널리 알려진 대로 한국어에는 자음과 모음의 양이 매
우 풍성하다. 자음에서 'ㄱ' 계의 음에는 'ㄲ'이 있고, 'ㄱ'와 함께

기음(氣音)이지만 'ㅋ'도 있다. 다른 유형의 경우로는 'ㅈ'와 함께 'ㅉ, ㅊ'가 있다. 이와 동시에 한국어에는 'ㅏ' 유형에 속하는 것으로 '애, 얘' 등 모음이 있다. 그리고 그에 대가 되는 것에 '어, 에, 예, 으, 의' 등이 있다. 이런 자음과 모음의 순열 조합을 통해 한국어가 빚어낼 수 있는 음성상징의 효과는 매우 다양하다. 물소리의 경우만 보아도 우리는 졸졸, 쫄쫄, 쭐쭐, 쫄쫄, 찔찔, 잴잴, 쨀쨀, 촐촐, 철철, 출출 등 다양한 표현을 할 수 있다.

 이와 함께 한국어의 또 다른 특징 가운데 하나가 다양한 곡용(曲用)과 활용어미를 가진 점이다. 구체적으로 우리말의 단순 종결어미의 하나에는 '-다', '-이다'가 있다. 그 접속 형태는 '-이고', '-이며', '-이니', '-이어서', '-이어도' 등이다. 일상적인 차원에서 이들을 구별해서 쓰는 것은 매우 번거로운 일이다. 그러나 이런 격조사와 어미가 문학작품에 기능적으로 사용되는 경우 작품의 음성구조는 매우 다양한 것이 된다. 소월이 등장 초기부터 이런 한국어의 속성을 잘 인식하고 있었을까는 의문이다. 당시 우리 주변에는 아직 음성구조론이 일반화되기 전이었다. 그러나 김소월은 천성의 시인이었다. 특히 한국어의 자음, 모음을 이용한 시의 가락 빚어내기에 그는 일찍부터 놀라운 솜씨를 보여주었다. 이런 경우의 좋은 보기가 되는 것이 그가 배재고보를 다닐 때 쓴 「접동새」이다.

접동
접동
아우래비 접동

진두강(津頭江) 가람가에 살든 누나는
진두강 앞 마을에
와서 웁니다.

옛날 우리 나라
먼 뒤쪽의
진두강 가람까에 살든 누나는
이붓어미 싀샘에 죽었습니다.

누나라고 불러보랴
오오 불설워
싀새움에 몸이 죽은 우리 누나는
죽어서 접동새가 되었습니다.

아웁이나 남아 되는 오랩동생을
죽어서도 못니저 참아 못니저
야삼경 남 다 자는 밤이 깊으면
이 산 저 산 울마가며 슬피웁니다.

「접동새」 전문

 얼핏 보아도 나타나는 바와 같이 이 작품의 무대 배경이 된 것은
강마을의 어두운 밤이다. 여름철을 맞이한 그 강 마을에는 숲 속에서

접동새 울음소리가 들린다. 그 울음을 소월은 우리 민담, 전설의 하나에 등장하는 소녀상에 수렴시켰다. 그녀는 박행하여 어려서 어머니를 잃고 계모 밑에서 자랐다. 그런 경우의 정석으로 그녀는 계모의 모진 박대를 받으며 얼마를 살다가 피붙이인 남자형제들을 둔 채 숨겨버렸다. 그런 그녀의 평생에 접동새의 심상을 접합시킨 것이 소월의 이 작품이다. 따라서 이 작품의 접동새는 단순하게 구성진 울음을 우는 새가 아니다. 다소간 어둑신한 옛이야기의 그림자를 곁들인 접동새는 소월 시만의 그것이다. 이런 배경설화를 거느린 접동새의 노래를 김소월은 '접동/접동'으로 시작하고 있다. 이 말은 첫음절에 입을 닫게 하는 'ㅂ'을 그리고 다음 음절에서 울림이 좋은 'ㅇ'을 사용했다. 그것으로 두 음절 한 단어로 된 의성어의 울림이 매우 독특하게 되었다. 그에 이어 '아우래비'가 쓰인 것이 더욱 주목된다.

여기서 아우래비는 '아홉'과 '오빠', '동생' 등 세 말의 합성어다. 김소월이 이 말을 쓰기까지 우리주변에서 '아우=동생'이었고 '오래비=오빠'였다. (우리 고어에서 '아우래비'는 동생으로 쓰인 예가 나타난다(『두시언해』). 그러나 최근까지 경상도 북부지방에서는 이 말은 오빠를 뜻했다.) 그렇다면 '아우래비'는 일단 아우+오빠의 합성어가 된다. 그러나 이런 읽기는 이 작품의 마지막 연 첫줄을 감안하는 경우 곧 함량미달의 것이 된다. '아웁이나 남아되는 오랩동생'으로 우리는 아우래비가 '아홉+오빠+동생'의 합성어임을 알 수 있다. 이에 못지않은 것은 '접동/접동'이다. '접동, 접동'만으로는 음성구조가 있을 뿐이다. 그 위에 아홉 오빠와 동생을 못 잊어 하는 한 소녀의 정한을 저며 넣기 위해 소월이 '아우래비'라는

신조어를 만들었다. 음성 구조상 이 부분은 거의 완벽한 유포니(好音調)의 형태가 되어 있다. 그와 동시에 이 말에는 한국 민담의 하나인 계모 학대소(虐待素)가 포함되어 있다. 거기에 '접동/접동'이 습합상태가 되면서 이 시는 허두에서부터 독특한 음성 + 의미 구조의 복합체를 이루었다. 본래 좋은 시란 의미구조만이 독주하는 형태도 아니며 음성구조만이 살아있는 경우도 아니다. 그 지양 극복을 통한 두 요소의 구조화, 상승작용을 통해서만 훌륭한 서정시가 이루어진다. 여기서 우리는 「접동새」가 1923년도라는 우리 현대시 형성의 초창기에 쓰여진 작품임을 다시 명심할 필요가 있다. 김소월은 이 시기에 이처럼 지적인 기법 내지 전략을 구사하여 그의 작품을 만든 시인이다.

4

시집 『진달래꽃』이 나오자 소월의 시는 모든 사람이 애송하는 작품집이 되었다. 「진달래꽃」이나 「먼후일」, 「예전엔 미처 몰랐어요」, 「엄마야 누나야」, 「초혼」 등의 시는 여러 한국 사화집의 서두를 장식하게 되었고 초등학교와 중고등학교의 교과서에도 올랐다. 넓은 독자층을 가지며 많은 사람의 심금을 울려온 점에서 김소월의 오른쪽에 나설 시인은 한국시단에 없었다. 어느 의미에서 그에게는 국민시인의 칭예가 마땅하다고 생각될 정도였다. 그런데 이런 경우 우리에게 꼭 하나 아쉽게 생각되는 부분이 떠오른다. 소월이 등장 활약한 시기는 일제치하였다. 일제는 우리 주권을 침탈한 다음 곧 우리 민족 전체의 말살을 기도했다. 한 시인에게 국민시인의 칭예가 돌아가기 위해서는 이에 대한 대응의 단면이 검출될 필요가 있었다. 그렇지 못한 경우 그는 민족 전체가 멸망의 구렁텅이에 몰린 자리에서도 그것을 외면한 채 한가롭게 저 혼자 즐기는 노래를 만든 것이라는 비판을 면할 길이 없게 된다.

제기된 문제를 풀기 위해 우리는 김소월의 대표작 가운데서 「왕십리」, 「산」, 「삭주구성」 등과 함께 「초혼」을 주목해야 한다. 「왕십리」는 비가 오는 날의 서울 지역 한 고장을 무대배경으로 한 작품이다. 이 작품은 둘째 연에서 그곳을 "초하루 삭망이면 간다고 했지"와 같이 정신화시키고 있다. 그리고 마지막을 "천안에 삼거리 실버들도 / 촉촉히 젖어서 늘어졌다네 / 비가 와도 한 닷새 왔으면 좋지 / 구름도 산마루에 걸려서 운다"로 막음하였다. 이것은 화자의 눈길이 왕십리에 바탕을 둔 가운데 그곳에서 끝나지 않았음을 뜻한다. 그 예증이 되는 것이 '천안의 삼거리'이다. 여기서 소월이 천안 삼거리를 가리켜 '구름도 산마루에 걸려서 운다'라고 한 것은 각박하게 셈쳐도 식민지 상황에 대한 의식이다. 이와 꼭 같은 이야기가 「산」이나 「삭주구성」의 경우에도 가능하다. 「산」의 셋째 연은 "불귀 (不歸) 불귀 다시 불귀 / 삼수갑산에 다시 불귀 / 사나이 속이라 잊으련만 / 십오년 정분을 못 잊겠네"로 되어 있다. 한반도에서 삼수 (三水)나 갑산(甲山)은 궁벽한 산골을 대표한다. 화자는 그곳을 벗어나고자 하지만 동시에 끝내 벗어나지 못할 정도의 강한 미련을 지니고 있다. 이것은 일제의 식민지적 질곡 속에서도 떨쳐 버리지 못하는 고향, 또는 생활 근거지 그리기이다. 이것으로 이들 작품은 사적인 차원을 넘어서 식민지 상황을 의식한 시가 될 수 있다.

「산」이 화자의 귀소의식과 나아가 국토에 대한 애착을 집약시킨 것이라면 「삭주구성」은 그것의 공간적인 전이판(轉移版)이라고 할 수 있다. 김소월의 출생지는 정주(定州)로 되어 있다. 삭주구성은 한때 그가 동아일보 지국을 경영한 곳이다. 정주의 남산리가 그런 것처럼 이곳 역시 김소월에게는 자신이 숨쉬고 땀을 흘려 일한 곳이다. 그런 구성을 이 작품은 "물로 사흘 배 사흘 / 먼 삼천리(三千里)"로 시작했다. 여기서 삼천리는 우리 강토의 길이 또는 넓이를 뜻하는 기호이다. 그것으로 소월은 구성을 우리 강토와 일체화시킨 것이다. 그런데 그 삭주구성은 꿈결에서만 갈 수 있는 곳이며 구름만이 떠나갈 수 있는 곳이다. 이것은 김소월의 의식 속에 우리 겨레가 쇠창살에 갇힌 죄수 꼴이었음을 뜻한다. 이런 의미에서 이 작품도 일제가 구축한 식민지적 질곡에 대한 의식을 그 바닥에 깔고 있는 것이다.

이런 경우의 우리에게 가장 듬직한 부피로 다가서는 것이 「초혼」이다. 이 작품을 경계선에 세우면 김소월의 시는 크게 두 유형으로 구분될 수 있다. 하나는 「진달래꽃」, 「먼후일」 「예전엔 미처 몰랐어요」, 「가는 길」, 「산유화」 등이다. 이들 작품은 순수 서정에 치중한 민요조의 시로 그 말씨가 부드럽고 고운 가락에 면면한 정을 편 것들이다. 그 마음바탕이 공적인 편이라기보다 사적(私的)인 차원에 머문 것도 이들 시의 한 특징이다. 그리고 다른 또 하나의 유형에 속하는 것이 「제이, 엠, 에쓰」나 「밧고랑 우혜서」와 「바라건데는 우리에게 우리의 보섭대일 땅이 있었다면」 등이다. 이들 일련의 작품은 그 말씨가 투박한 쪽이다. 그 형태도 정형율에 바탕을 둔 민요시와 다르다. 대부분의 행들이 산문에 가까운 형태를 취한 가운데 투박한 말씨로 생각을 펴고 있는 것이 이들 시인 것이다. 「초혼」이 이들 두 유형 시들의 경계선에 선다는 것은 우선 거기에 사회적 요소와 함께 예술성이 확보되었다는 뜻이다. 그와 아울러 이 시에는 상당한 농도로 식민지 상황에 대한 감정적 반응이 포함되어 있기도 하다.

산산이 부서진 이름이여!
虛空中에 헤어진 이름이여!
불러도 主人없는 이름이여!
부르다가 내가 죽을 이름이여!

心中에 남아 있는 말 한 마디는
끝끝내 마저 하지 못하였구나.
사랑하던 그 사람이여!
사랑하던 그 사람이여!

붉은 해는 西山마루에 걸리었다.
사슴이의 무리도 슬피 운다.
떨어져 나가 앉은 山 우에서
나는 그대의 이름을 부르노라.

설음에 겹도록 부르노라.

설음에 겹도록 부르노라.
부르는 소리는 빗겨가지만
하늘과 땅 사이가 너무 넓구나.

선 채로 이 자리에 돌이 되어도
부르다가 내가 죽을 이름이여!
사랑하던 그 사람이여
사랑하던 그 사람이여!

그 동안 우리 주변에서 이 시는 소월의 여러 애정시 가운데 하나로 분류되어 왔다. 이 작품에서 화자가 애타게 부르고 있는 '사랑하던 그 사람'을 이성으로 본 것이다. 이 작품의 화자는 이제 그의 곁을 떠난 그 누구를 절절한 그리움과 함께 부른다. 그가 이성이라는 것은 그것이 공적 차원에 이르지 못하고 사적차원에 그쳤음을 뜻한다. 사적인 차원에서 목메어 부를 대상으로는 이성, 곧 애인이 제격이다. 「초혼」에 대한 이런 해석은 일방적인 것이다. 그것은 작품해석의 중요한 전제인 정보 수용능력의 결핍에서 빚어진 결과다. 어떤 작품의 기능적인 해독을 위해서 우리는 유관성을 가지는 모든 정보 자료를 수집 검토할 필요가 있다. 「초혼」의 경우 이런 원칙은 우리에게 소월이 시도한 두보(杜甫)의 번역을 검토할 필요와 맞서게 한다. 1926년 3월호 『조선문단』에는 「봄」이란 제목으로 된 소월의 「춘망(春望)」 번역이 있다.

이 나라 이 나라는 부서젓는데
이 山川 엿태 山川은 남어 있드냐.
봄은 왔다하건만
풀과 나무뿐이어

오! 설업다. 이를 두고 봄이냐
치어라 꽃닢에도 눈물뿐 홋트며
새무리는 지저귀며 울지만
쉬어라 이 두근거리는 가슴아

못보느냐 밝핫케 솟구는 봉숫물이
끝끝내 그 무엇을 태우랴함이료
그립어라 내집은 하늘 밖에 잇나니

애달프다 긁어 쥐어 뜯어서
다시금 떨어졌다고
다만 이 희끗희끗한 머리칼 뿐
인제는 빗질할 것도 업구나

김소월 역, 「봄」

두보의 「춘망(春望)」은 본래 철저하게 외형율을 지키고 있는 오언
율시(五言律詩)다. 통상 율시는 3·4행과 5·6행을 엄격하게 대
(對)가 되도록 만들어야 한다. 그러나 처음 두 줄과 마지막 두 줄에

서는 자수와 평측(平仄)만을 지키면 된다. 그런데 이 시에서 두보는 그것조차 뛰어넘어 '국파산하재(國破山河在) / 성춘초목심(城春草木深)'과 같이 첫 부터를 정확하게 병치 형태로 만들었다. 김소월은 이 작품을 매우 심하게 의역으로 옮겨 놓았고 동시에 원시의 형태를 지키는 번역도 하지 않았다. 두 행으로 그칠 수 있는 허두 부분을 네 줄로 옮긴 것부터가 그 정도를 말해준다. 뿐만 아니라 '감시화전루(感時花濺淚) / 한별조경심(恨別鳥驚心)'의 번역에는 상당히 대담한 파격이 시도되어 있다. 역시에서 원시의 두줄 뜻을 살린 것은 2행과 3행, 곧 '꽃닢에도 눈물뿐 훗트며 / 새무리는 지저귀며 울지만' 정도다. 그 앞뒤에 붙은 '오! 설업다. 이를 두고 봄이냐'나 '쉬어라 이 두근거리는 가슴아'는 '감시(感時)'나 '한별(恨別)'의 의역 형태에서 빚어진 것이다.

한마디로 소월은 두보의 작품을 거의 자의에 가깝게 개작한 셈이다. 그러면서 이 작품은 끝내 번역의 테두리에 둘 수밖에 없는 단면도 지닌다. 이 번역에서 소월은 원시의 의미 내용이나 형태에 충실하지는 않았다. 그러나 소월은 그 의미 맥락과 거기서 빚어지는 원작의 어조와 어세를 최대한 살리고자 했다. 본래 「춘망」은 난리로 깨어진 나라, 처절한 그런 상황 속에서도 어김없이 찾아온 계절과 그런 세월을 살아야 할 화자의 감정을 가락에 실은 작품이다. 그 어조가 강개겨운 것이 특히 인상적이다. 심하게 원형을 뒷전으로 돌린 채 김소월은 이런 「춘망」의 어세와 가락만을 확대시켜 그의 역시를 만들었다. 깨어진 나라에 대한 감정을 표출하는 데 역점을 둔 점이 그것을 말해 준다.

　김소월의 「초혼」과 「춘망」의 연계 가능성은 식민지 체제하에 직면한 우리 시인들의 의식세계를 감안하면 매우 뚜렷한 선을 긋고 나타난다. 앞에서 우리는 「춘망」의 어조가 비통하며 그 어세가 비분강개한 것임을 지적했다. 그런데 일제에 의해 우리 주권이 침탈당했을 때 우리 시인 가운데는 이런 어조의 작품을 남긴 예가 적지 않았다. 이상화(李相和)의 「빼앗긴 들에도 봄은 오는가」는 이런 경우의 우리에게 좋은 보기가 된다. 널리 알려진 대로 그 허두는 '지금은 남의 땅 빼앗긴 들에도 봄은 오는가' 로 시작한다. 이것은 그대로 '국파산하재'에 대비되는 부분이다. 동시에 그 어세는 김소월이 남긴 역시의 허두와 아주 비슷하다. 여기서 다시 주목되어야 할 것이 「초혼」의 어세며 어조다. 비분강개의 목소리를 고조된 목소리로 노래한 점에서 「초혼」은 그 정도가 그의 「춘망」 번역을 능가하고도 남는다. 이 비감에 가득한 목소리가 '국파산하재(國破山河在)'를 허두와 대비되는 점도 다시 기억되어야 한다. 김소월의 「초혼」은 그 어세로 보아 「춘망」과 의식세계를 공유한 작품이다. 그렇다면 여기서 '사랑하던 그 사람'이 애정의 범주에 그치는 이성일 리가 없다. 그와 달리 그것은 국가, 민족의 의인형태로 해석하는 일이 가능해질 것이다. 이제 우리는 필요한 논리의 밑받침을 얻었다. 그리하여 김소월의 「초혼」에서 님이 사적인 차원에 그친 것이 아니라 그 어조로 하여 역사, 현실, 민족적 감정을 내포한 것임을 알게 되었다. 김소월의 시는 일제 식민지 체제하에서 한국시인의 것 가운데서 가장 크고 넓은 메아리를 일으켰다. 그와 아울러 김소월은 식민지 체제하에서 처절한 목소리로 빼앗긴 산천을 님으로 바꾸어 외친 시인이기도 하다. 이것은 그가 국민시인이 되기에 족한 두 개의 여건, 역사를 외면하지 않은 채 민족적 현실에 입각했고 가장 넓은 음역을 가진 시를 쓴 시인이었음을 뜻한다. 이제 우리는 소월의 시를 읽는 일이 좋은 시 읽기이며 동시에 민족과 역사의 진실에 입각하는 길일 수 있음을 알게 되었다.

개정판 원본 김소월 시집

초 판 발 행	2007년 2월 5일
개정판 1쇄 발행	2017년 5월 20일

주 해	김용직
펴 낸 이	박현숙
펴 낸 곳	도서출판 깊은샘
등 록	1980년 2월 6일 제2-69
주 소	서울특별시 용산구 원효로80길 5-15 2층
전 화	02-764-3018~9
팩 스	02-764-3011
이 메 일	kpsm80@hanmail.net
인 쇄	신화인쇄공사
I S B N	978-89-7416-246-7 03810

책값은 뒤표지에 있습니다. 잘못된 책은 구입하신 곳에서 교환해 드립니다.

이 도서의 국립중앙도서관 출판예정도서목록(CIP)은 서지정보유통지원시스템 홈페이지
(http://seoji.nl.go.kr)와 국가자료공동목록시스템(http://www.nl.go.kr/kolisnet)에서 이용
하실 수 있습니다.(CIP제어번호: CIP2016019055)